KB123518

사는 게 너무 시시하지 않냐?

사는 게 너무 시시하지 않냐?

2019년 3월 27일 초판 1쇄 인쇄
2019년 3월 27일 초판 1쇄 발행

지은이 | 송미영

인쇄 | 예인아트

펴낸이 | 이장우
펴낸곳 | 꿈공장 플러스
출판등록 | 제 406-2017-000160호
주소 | 경기도 파주시 회동길 301 (파주출판도시)
전화 | 010-4679-2734
팩스 | 031-624-4527
e-mail | ceo@dreambooks.kr
homepage | www.dreambooks.kr
instagram | @dreambooks.ceo

ISBN | 979-11-89129-25-5

정 가 | 13,000원

사는 게 너무 시시하지 않냐?

불로난서 다방으로 시작된
나와 내 인생의 좌충우돌 이야기

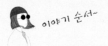
이야기 순서~

시작합니다~

이 이야기는 경력단절 여성의 좌충우돌 창업기다.

 사회적으로 한 몫을 해냈던 과거와는 달리, 결혼 후 자의와 타의가 어설프게 배합된 의무감으로 출산, 양육, 가사노동, 가정 내의 경제적 주체로서 새로운 경력을 이어가지만 사회에서는 1도 인정해주지 않는 경력이라는 잔인한 사실을 뒤늦게 알게 된 여성의 이야기다.

 출발선에서 함께 나란히 걸어가던 남편은 사회적으로 어느덧 저 멀리 떨어져서 도저히 따라잡을 수가 없고, 기쁜 마음으로 아이들의 성장과 함께 한 시간은 아이들이 성장하고 자신만의 길을 찾아 떠나는 뒷모습을 바라보며 안도와 만족감을 느끼는 것은 잠깐.

 갑자기 텅 비어버린 자신의 영혼을 발견하게 되는 서글픔.
 웃어도 웃는 게 아닌 시간들.
 그 시간들을 지내온, 지내고 있는, 앞으로 지내게 될 당신과 이 이야기를 낄낄거리며 나누고 싶다.

불란서 다방은 웃기는 가게다.
불란서 다방은 웃기는 책이다.

깊고 복잡한 감정이 웃음이라는 옷을 입고 아닌 척 부려 놓을 건다.
진지해지면 더욱 가라앉는 걸 아는 나이라 훌훌 털어버리는 방법을 알고 있다.

나이가 들면서 인간관계에 자신이 없어졌다. 자꾸 안으로 안으로만 숨었다. 누군가를 만나서 말을 하고 집에 돌아와 그 대화를 복기하고 자주 등줄기가 서늘해지는 경험을 하곤 하면서 말을 줄여야겠다고 매일 저녁마다 다짐을 했다. 말을 줄이면서 기억의 창고에는 미처 풀어내지 못하는 이야기들이 차곡차곡 쌓였다. 내 안에 갇혀 있던 말들은 어느덧 딱딱해졌다. 돌덩이같은 이야기들이 혈관을 따라 돌아다니다가 상처를 냈다. 내가 살기 위해 돌을 자잘하게 부수고 꺼내는 시술이 필요했다.

이 이야기는 퇴적된 수다의 깨알같은 분출기다. 엉뚱하기도 하고 맥락 없는 혼잣말도 있지만 지금 읽는 당신이 가끔 공감하고 때때로 웃어준다면 허송세월만은 아니었구나 위안이 될 것 같다.

가정이라는 직장에서 오랜 시간을 근무했지만 연봉은 미미할 뿐 아니라 사통팔달 전천후 다각적 전방위적인 업무를 소화함에도 주부라는 직책이 전부인 나와 당신을 위하여. Bonne Santé!!!!

1, 4 다이어트 메뉴로 등장했으나 안주로 마감한 불운의 존재

2 견과류와 시리얼의 건강함과 머시멜로의 사악함이 만나 의기투합

3 쇼콜라가 더해져 컬러감이 매력적인 클라푸티

| 1 | 2 |
| 3 | 4 |

1   보나마나 와인 안주

2, 3 속이 꽉 찬 녀석들

     가지와 토마토 파르시

1   진하게 한 잔, 연하게 두 잔. 여름에 좋은
    밀크티베이스

2   어느 겨울 밤의 디너

3   어서, 들어오세요

1	2
3	

어디론가 떠날 준비를 끝낸 퐁덩오쇼콜라

이렇게라도 햇빛을 만나야한다

졸음이 쏟아지던 어느 봄 날

1
2	3

1   자, 크로크무슈를 소개합니다

2   당신을 위한 테이블 세팅

3   낮술은 진리

1 얼렁뚱땅 티매트

2, 3 오늘의 메뉴

1   차 드시다 말고 어디로 가셨나요?

2   티메져 스푼입니다. 바가지로 쓰고 있어요

3   본아뻬띠!

1   어린왕자. 생떽쥐뻬리. 리옹. 프랑스. 불란서다방의 시작

1. 불란서 다방

49.586777 제곱미터

0.495868 아르

0.004959 헥타르

0.00005 제곱킬로미터

533.747624 제곱피트

59.305292 제곱야드

0.012253 에이커

540 평방자

0.05 단보

0.005 정보

15 평

2. 죽은 듯이 살아

친구가 말했다.

죽은 듯이 살아.

사주로는 넌 이미 이 세상 사람이 아닌데. 덤으로 산다 생각해. 그러니까 죽은 듯이 살아. 조용히. 아무것도 하지 마. 네 이름으로 된 건 아무것도 만들지도 마. 글도 쓰지 말고 그냥 조용히 남편 그늘 아래서 잠자듯이 살아.

만약 그렇게 안 산다면. 덤으로 산다니 이런 행운이 어디 있어. 지금껏 살아오면서 이 눈치 저 눈치에 해보지 못한 것들을 다 해봐야지. 그래야 덤으로 사는 삶이 의미가 있지. 내가 만약 그렇게 산다면. 그렇게 살면 어떻게 되는데.

사주대로 가는 거지.

나는 나대로.

사주는 사주대로.

한번 달려보기로 했다.

3. 언니의 프로필

그날따라 참을 수 없게 무료했다.

해가 바뀐 지 여러 날이 지나자 여느 신년처럼 써넣은 올해의 자기 약속, 자기 암시는 어느덧 작년의 지나간 약속처럼 무의미하게 느껴졌다.

새로운 해의 시작은 설날이라고 변명을 하고 설날로부터 며칠 지나지 않았음을 위안으로 삼고 있었다.

해가 바뀌었지만 아무 일도 일어나지 않는 나날들이 계속되었다.

아무 행동도 하지 않았기에 아무 일도 일어나지 않는 그래서 아무 생각도 나지 않는 하루하루였다.

하릴없이 휴대폰 액정을 들여다보고 있다가 대화 프로필들을 쭉 훑어 내리고 있었다. 사람들이 자신의 새로운 상태를 알리면 이름 옆에 있는 부분에 빨간 점이 찍혀 있었다. 그 점이 있는 사람들의 프로필을 눌러 요즘 어떻게 살고 있는지 상상하고 미루어 짐작하며 키득거리고 있었다.

그중에는 대체 이 사람이 왜 리스트에 들어있는지 궁금한 사람들도 있었다.

누구십니까? 대체 누구신데 이 외진 한 구석까지 들어오셨는지 조금만 더 뻔뻔해진다면 용기 내어 묻고 싶었다.

그렇게 자질구레한 생각들이 만들어내는 즐거움에 손가락을 맡기고 있었다.

그러다가 저 아래에 있던 언니의 프로필을 봤다. 오른쪽에 빨간 점이 있었다. 나 요즘 좀 달라졌다.라고 말하고 있었다. 다리를 접어 고쳐 앉았다.

새끼손톱만큼 허락된 상태 메세지에는 프랑스 백반이라는 단어와 감각적인 커트러리 그림이 있었다.

삐딱한 자세로 장시간 프로필 산책을 한 덕에 오른쪽의 손목이 약간 저렸던 나는 콧등에 침을 세 번 찍고 나서 액정에 있는 사진을 검지와 중지의 최대 거리만큼 벌려 들여다보았다.

손가락이 뻣뻣했다.

갑자기 식은땀이 났다.

언니의 프로필은 내게 미소 지으며 말하고 있었다.

어서 와. 지금 당장!

근 2년 만의 인사는 어색하지만 비교적 산뜻하게 시작하고 있었다.

4. 프랑스백반

2호선 망원역에서 내려서 우체국 사거리 앞 횡단보도에 섰다.
건너에는 오래되어 골동품 같은 느낌을 주는 목욕탕이 있었다.
목욕탕을 지나 조금씩 연남동의 조각들이 물감 번지듯 어울리
지 않는 건물들 사이로 감각적인 카페들과 술집들이 들어서 있
는 묘한 느낌의 거리에 들어섰다.

낙후된 주택가인데 상업적 거리로 막 바뀌기 시작한 듯 낡은
연립주택 건물 앞에는 프랑스 백반이라는 글자가 푸른빛의 프
랑스적 감성이 느껴지는 광고판으로 서 있었다.

좁고 낡은 계단을 따라 올라가니 계단참에는 그동안 소비했
을 다양한 국적의 와인 병들이 가득했다. 두 번 꺾인 계단의 끝
에는 황금빛의 거울 틀과 숟가락, 포크, 나이프가 장식된 현관
이 있었다.

현관은 주인의 직업과 내부 장식과 가게 안에서 경험하게 될 것들을 한눈에 보여주고 있었다.

문을 열자 입영열차 안에서나 볼 수 있는 헤어스타일의 언니는 예의 미소를 지으며 두 팔을 벌렸다. 우리는 프랑스식 인사인 비주bisou를 했다. 왼쪽 뺨과 오른쪽 뺨을 맞대면서 기억들이 울컥울컥 올라왔다.

우리에게는 한국에서 편하게 만나 평온하게 사귄 사람들은 결코 상상할 수 없는 깊고 짙푸른 이야기를 서로의 가슴에 숨겨놓고 모른 척 살아온 비밀이 있었다.

그 기억들이 서서히 바닥으로부터 올라와 해일을 일으키려 한다는 것을 느꼈다. 그 짧은 순간, 기억들과의 해후를 담담하게 받아들여야 할지 다시금 밀어 넣어야 할지 망설였다. 순식간에 기억들은 과거의 너울로 우리를 밀어 넣었다.

그렇게 돌이킬 새도 없이 잠겼다.

오랜 기억 속으로.

5. 고풍과 촌티의 그 어디쯤

프랑스 백반이라는 이름은 재미있기도 했지만 가게의 정체성을 한 번에 읽어낼 수 있다는 장점이 있었다.

이미 프랑스 가정식으로 자리를 잡기 시작한 가게의 이름에 어깨를 슬쩍 기대어 가기에는 가게 초보로서 한시름 놓을 수 있는 절호의 기회이기도 했다.

프랑스 백반. 프랑스 백반. 프. 랑. 스. 백. 반.

입에 착착 감기기는 하나 내가 그 이름을 사용하기에는 뭔가 많이 허전했다.

홍차와 홍차 클래스가 주를 이룰 공간에 백반이라는 밥집으로서의 정체성 완고한 이름이 마음에 걸렸다. 프랑스 백반은 밥집을 떠올리는 즉물적인 이름이었다.

하지만 내가 저 빈 공간에 만들어갈 분위기는 밥과 차는 물론 공간을 허락받지 못한 세대를 위한 놀이터, 문화를 나누는 참새

방앗간 같은 공간이었다.

아늑한 친구 집 거실 같은 느낌, 막 차린 듯 맛있는 식사, 따뜻한 차와 한 잔의 와인, 좀처럼 듣기 힘든 음악 리스트.

머릿속에는 그 언저리의 단어들이 다가오다가 튕겨나가는 게임 같은 상황이 쉬지 않고 벌어졌다.

잡힐 듯 잡을 듯, 알 듯 말 듯 단어들과의 지루한 숨바꼭질이었다.

이건가 싶으면 의미가 모호하고, 저건가 싶으면 표현이 과장되었다.

불어는 뭔가 허세를 드러내는 것 같아서 별로였고 영어는 지겨웠다.

꿈속에조차 모습을 선명하게 드러내지 않는 단어들을 쫓아다니는 있던 어느 새벽, 갑자기 불현듯 〈다방〉이라는 단어가 떠올랐다.

혹시나 하는 마음에 핑계를 대자면 이미 유명세를 치르고 있던 O다방이라는 이름은 아무런 영감을 주지 못했다고 단언하고 싶지만 확신할 수는 없다.

표절과 영감과 오마주는 한 끗 차이니까.

아무튼 다방.

새벽에 일어나 앉아 아무도 깨어 있지 않은 거실 테이블에 앉

아 노트를 앞에 두고 조용히 다. 방. 을 발음했다. 발음할 때의
느낌이 좋았다.

노트의 빈 면을 펴서 만년필로 다. 방.이라고 천천히 써보았다.

글자가 가지는 추상적인 선이 새삼스레 좋았다.

한자로 써 보았다. 차의 공간이라고 하는 속삭이는 듯했다.

차를 마시는 공간.

다방이라는 단어가 주는 고풍스러움과 키치한 느낌, 장난기마
저 맘에 쏙 들었다.

'그 앞에는 뭘 붙이지?' 프랑스는 별로. 프랑스의 옛 발음. 불
란서!

거기까지 생각이 치닫자 불란서 다방!!! 외쳤다.

벌거벗은 채 유레카!!를 외친 아르키메데스처럼.

그렇게 입에 착착 붙는 이름이 완성되었다.

비로소 인생의 커다란 숙제를 해치운 것 같은 기분이 들었다.

일 년이 다 되어가는 지금까지도 손님들은 블란서 다방으로
부르는 경우가 많다. 불란서가 한자이며 프랑스의 옛 호칭이라
고 설명하기엔 지쳐버렸다. 그저 sns에 블란서 다방을 검색하고
는 결과물을 보면서 안타까움에 작은 한숨을 쉴 뿐.

6. 후회 고군기

  산책 중 비어 있는 가게를 보고 이틀 만에 계약까지 저지르고
나니 생각이 가지를 뻗어내듯 사방으로 치달았다. 온갖 잡념들
이 머릿속을 내달리며 작은 포말들을 만들어냈다. 잔잔했던 생
각의 구역은 자잘한 생각의 포말들이 하나 둘 터지면서 그동안
겉으로는 평온해 보이던 바닥을 툭툭 건드려 깊은 곳에 가라앉
아 있는 것들을 헤집었다.
  고3 때도 아홉 시면 어김없이 찾아오던 초저녁 잠이, 갱년기 증
세로 식은땀을 흘리며 부채질을 해도 뜬금없이 오던 초저녁 잠
이 좀처럼 다가오지 않았다.
  간신히 잠이 들어도 몸이 잠을 자는 자세를 취하든 말든 뇌는
따로 놀기 시작했다. 꿈속에서도 계산기를 두드리거나 암산이
안 되어 괴로워하거나 고민의 연속이던 상황을 극적으로 해결
해내고는 했다.
  이런 상황이 반복되자 포기가 빠른 사람답게 이내 적응을 선

택했다.

그야말로 비몽사몽의 뇌가 가게 오픈에 관한 필요한 항목을 써 내려가다 문득 현실에서 생각해보지도 못한 항목이 떠오르면 벌떡 일어나 수첩에 적거나 인터넷 쇼핑을 시작했다.

나야 제 발등에 떨어진 일이라 감수해야 하는 일이었지만 같은 침대를 사용하고 있는 사람에게는 의도치 않게 수면의 질을 떨어뜨리고 있어 미안했다. 그나마 미안한 마음도 시간이 지나자 '그래서 어쩔 건데.' 하는 배짱으로 나가기는 했지만.

가게에 필요한 항목의 리스트를 만들고 온라인으로 구매를 하면서도 한편으로는 '아~ 이 가게를 해야 하나 말아야 하나. 지금이라도 누군가 나를 대신할 적임자가 나와 줬으면. 그 누군가를 직접 찾아볼까.' 하는 망설임이 이미 본격적인 상황으로 들어가 버린 발목을 여전히 살살 잡아당기고 있었다.

사건의 한가운데서조차 망설임으로 시간을 보내는 어리석음은 어떤 상황이 닥쳤을 때 도망칠 준비부터 하는 비겁한 내 성격에 기인했다.

한 발은 상황 속에 들이밀고 나머지 한 발은 반대로 방향을 향하게 하는 비겁한 성정, 언제라도 도망가고 피하고 줄행랑을 치려고 준비하는 나약한 근성.

사람은 쉽게 바뀌지 않는다. 의지만으로도 안 되는 일이 있다는 걸 깨달은 후 아이들에게 단점을 고쳐 봐라 섣부르게 조언하는 태도가 얼마나 무책임한 건지 알게 되었을 뿐이다.

일주일 넘도록 잠들지 못하는 나를 보며 함께 사는 친구는 말을 아꼈다.

그때의 나는 미처 빠져나가지 못한 습기 때문에 당장이라도 터질 듯한 압력밥솥 같았다. 서서히 김을 빼 압력을 낮추지 않고 뚜껑 버튼에 손을 대기라도 하는 날이면 온 집안이 난장판이 될 상황이었다. 보름이 지나도 상황이 전혀 나아질 기미가 없자 조용히 말을 건넸다.

자, 복잡하게 생각하지 마. 쉽게 생각해보자. 가게, 장사, 돈, 임대료, 손님, 수입, 파산, 성공, 휴식, 업무, 일, 노동…. 가게를 생각하면 떠오르는 수많은 단어들과 그 단어들로부터 뻗어 나오는 고민들을 잠깐만 멈춰봐.

너는 가장 기본적인 문제를 해결하지 않은 채 아니 다시 말하자면 외면한 채 순서를 건너뛰고는 그다음 문제에 골머리를 썩고 있어.

자, 네 앞에 가장 큰 질문은 가게를 어떻게 운영할까. 잘할 수 있을까. 가게를 제대로 하기 위해서 어떻게 해야 할까. 이 문제가 아니야.

네가 지금 당장 먼저 풀어야 할 문제는 바로 이거야.

가게를 할 거야. 말 거야.

삼십 년을 알아온 사람답게 내 비겁함을 읽어냈다. 내 두 발의 방향을 한쪽으로 향하게 하는 것이 우선 과제였다.

가게를 하는 방향과 가게를 접는 방향. 양 쪽에 양 발을 걸친 채 하루는 이 쪽으로 또 하루는 저 쪽으로 향하는 발을 같은 방향으로 향하게 해야 했다.

피하고 싶었으나 더 이상 피할 수 없는 질문을 앞에 놓자, 마치 넌 어떤 사람이냐. 하는 우주만큼 광활하고 블랙홀만큼이나 알 수 없는 질문을 받은 듯 답답함이 느껴졌다.

대답을 못할 줄 알았어. 자, 다른 질문을 할게. 좀 더 쉽게 결정할 수 있도록 두 가지의 선택 중에서 하나만 선택해봐.

하나는 가게를 하게 되었을 때 하게 되는 후회와 가게를 하지 않았을 때 하게 되는 후회야.

다시 말해서 네가 가게를 하게 되었을 때의 후회를 상상해봐.

네가 쉬고 싶을 때 쉴 수 없을 거야. 좋아하던 미술관도 가기 힘들겠지. 사람에 대한 호불호가 분명하던 네 취향을 드러내기 힘들 거야. 네가 싫어도 같은 공간에 함께 해야 한다는 말이지. 무엇보다도 갇혀 있는 느낌에 우울함이 클 거야. 남들은 자유롭게 느껴질 거야. 노동이 버겁다고 느껴지겠지. 집에서 하던 노동과는 양적으로 질적으로 다를 거야. 사람을 쓰지 않고 네가 모든 걸 직접 할 테니 몸만 아니라 머리도 힘들 거야. 더할까.

또 하나는 가게를 하지 않았을 때 하게 되는 후회야. 그건 네 전공이니 네가 말해봐.

후회 전문가인 나는 눈을 굴리며 가게를 하지 않으면 하게 될 후회를 나열했다.

늘 비겁했고 커다란 난관 앞에서는 돌아갈 궁리만 했던 나는 인생이 나름 평탄했지. 어려움은 모른 척했고, 문제는 얼렁뚱땅 넘기려고 했어. 그런 성격이 불만이었지만 고쳐지지도 않았고 고치고 싶지도 않았어.

만약 이 가게를 하지 않게 된다면 나는 당분간 나 자신을 미워할 거 같다. 역시 그렇지. 뭐 다른 줄 알았지. 사람 안 바뀌는 거지. 그리고는 수시로 후회할 것 같다. 한 번쯤 내 인생에서 도전이라는 걸 해봐도 좋았을 텐데. 가게가 망한다고 해도 내 삶에 큰 타격을 입지도 않을 텐데. 그 용기를 한 번 내보지 못했다니. 그러면서 일하는 친구들을 부러워만 했다니. 정말 이중적이야. 특히 그 어느 날이 될지 알 수 없지만 내가 눈 감는 그 순간, 아, 나 그래도 열심히 살지 않았나. 하는 말을 멋지게 내뱉을 수 없을 거야. 그게 가장 후회될 거 같다.

그래, 그럼 그중에 살아가면서 견딜만한 걸 하나 고르면 돼.

여러 개의 선택이 아니라 다행이지. 오래는 힘드니까 며칠만 고민해봐. 그리고는 방향이 잡히면 그 방향으로 걸어가면 돼. 천천히. 굳이 당장 오픈할 필요도 없으니까 시간을 가져봐.

끊임없는 번민과 괴로움에 힘들어하는 내게 함께 사는 친구가 해법을 제시했다.

가게를 하게 된다면 육체적으로 힘들고 정신적으로 괴로울 뿐만 아니라 내가 여태껏 살아오던 삶의 스타일을 일단은 멀찌감치 떼어놔야 한다는 점과 가게를 하지 않게 된다면 매일같이 소원하던 경제활동에 대한 아쉬움과 도전하지 못했다는 자괴감이 평생을 괴롭힐 터였다.

그날 밤, 나는 저울이 되어 양 손에 후회를 올려놓고 무게를 재기 시작했다.

왼손의 후회가 저 밑바닥으로 가라앉았다.

오른손의 후회가 날카로운 가시로 긁어댔다.

어제는 우울하고 오늘은 희망의 미래에 들떴다.

조울증 환자처럼 시간 시간이 수직낙하와 수직상승을 반복했다.

결국 오른손의 후회가 나를 잡았다.

죽기 전 나를 떠올렸다. 눈을 감는 순간, 후회하고 싶지 않았다.

실패하더라도 후회하지 않겠다.

비겁함을 버리다니. 평생 처음 있는 일이었다.

7. 불신의 시대

내가 홍차 가게를, 게다가 음식까지 하는 가게를 연다고 했을 때 가족들의 반응은 예상했던 바와 같다.

부모님은 체력에 대한 걱정과 가게 운영에 대한 우려에 말을 잇지 못하셨고 남동생 둘은 걱정은 걱정이었으되 나를 대상으로 하는 것이 아닌 우리 가게를 드나들게 될 불특정 다수의 손님에 대한 걱정이었다. 사실 그들이 걱정하는 태도를 취하기 전에 먼저 드러낸 속내는 포복절도로 시작되었다.

누나가 가게라니. 그것도 요리라니. 이건 뭐 아무나 가게를 내는 세상이라지만 너무 하는 거 아닌가. 하는 말을 주거니 받거니 하면서 빈정거리며 웃다가 눈물까지 흘렸다.

그들의 반응에 불쾌했지만 마냥 화를 낼 처지가 못 되는 터라 그저 안 들리는 척하며 밥을 먹어야만 했다. 물론 그 끝은 소화 불량으로 이어졌지만.

하나밖에 없는 누나이자 독재자에 가까웠던 나는 어린 시절 만들어내는 기상천외한 요리와 여러 분야에 걸친 실험적인 퍼포먼스에 그들을 희생양으로 삼았다는 걸 먼저 고백해야만 한다.

그들의 기억은 결코 퇴색되지 않은 채 명절에 모여 한 잔 술만 들어갔다 하면 누나가 어떤 사람인 줄 아느냐, 그 실체를 낱낱이 알려 주마. 이제는 지겹다 못해 외울 지경인 인물 고발 프로그램을 풀어내고는 했다.

그들의 입을 빌려보자.

누나가 고등학교 시절 핫케이크를 만들었다며 우리를 부엌으로 다 모이라고 외쳤어. 물론 예감이 좋지 않았지만 그 부름에 답하지 않는다면 귀를 잡고 끌고 갈 상황이 예상되었기에 내키지 않는 발걸음으로 갔지. 식탁 위 접시에는 시럽을 그럴듯하게 부은 핫케이크가 핫케이크 봉지에 있는 그림처럼 놓여 있었지. 누나는 평상시에는 보여주지 않는 세상 너그러운 미소로 양팔을 벌리며 앉아서 먹으라고 말했어. 난 그게 불안했어. 너무 완벽했거든. 이럴 리가 없는데. 비주얼까지 정상적이어서 이제 누나의 실력이 좀 나아진 걸까. 기대감에 경계를 풀고 자리에 앉아 포크와 나이프로 잘라 두툼한 한 조각을 입에 넣었지. 그런데 말이지. 시럽을 그렇게 부었는데 짠 거야. 짜도 보통 짠 게 아닌 거야. 대체 뭘 넣은 거야? 외쳤어. 누나는 의아한 표정으로 하얀 입자가 든 병을 들면서 뻔뻔하게 말했어. 설탕. 거기에는 소금이라고 쓰여 있었어. 난 저 사람이 국문학과를 간 건 세종대왕에 대한 불충이자 국어에 대한 모욕적인 상황이라고 봐.

두 동생은 도저히 못 먹겠다며 앙탈을 부렸지만 누이는 착 가라앉은 목소리로 조금만 더 먹으면 더 맛있는 걸 해주겠다며 달콤한 제안의 가면을 쓴 엄포를 놓는 바람에 물을 금붕어처럼 먹었다는 슬픈 이야기였다.

또 하나의 에피소드 역시 그들의 입을 빌려보자.

누나가 고 1 때였나, 갑자기 어디선가 스파게티 소스의 비법을 알아왔다며 장을 봐왔어. 불행의 시작이었지. 비법은 무슨 비법. 그 당시 유행하던 일본 잡지에서 스파게티 사진을 보고 비법이라고 한 게 틀림없어. 어떻게 아냐고? 누나 책상 위에 펼쳐진 잡지에 양면으로 그 사진이 있는 걸 봤거든. 아무튼 그 소식을 접하자마자 우리는 집을 탈출해야겠다는 생각뿐이었지. 하지만 누나는 우리가 보는 앞에서 요리를 하겠다며 식탁에 앉혀 두고 누나는 인어공주에 나오는 마녀가 할 법한 요리를 하기 시작했어. 믹서기에 한눈에 봐도 대충 썬 듯해 보이는 양파와 토마토,

당근을 한꺼번에 갈더라고. 너무나 자연스럽고 뻔뻔해서 마치 새로운 비법이라도 되는 줄 알았다니까. 그러더니 냄비에서 막 건져 올린 스파게티 국수를 오목한 접시에 담더라. 그리고는 한 치의 의심도 없는 얼굴로 스파게티 위에 그 소스를 부었어. 그리고는 때깔이 맘에 들지 않았는지 그 희멀건 하고 풋내가 작렬하는 소스라고 부르기도 미안한 반죽 위에 토마토케첩을 끼얹는 거야. 그것도 하트로. 그리고는 자랑스럽게 자, 맛있게 먹으렴. 평소에는 하지도 않는 다정한 말투로 시식을 독려하더라고. 나 그날 약 먹고 화장실을 들락거린 걸 생각하면. 휴.

그들은 선뜻 내키지도 않고 먹지 않는 것이 좋을 것 같다는 마음의 소리가 있었지만 대체 무슨 맛일지 너무 궁금해서 맛만 보기로 했다고 한다.

입에 넣자마자 비릿한 풋내와 양파의 매운맛과 케첩의 달큼함이 섞여 토할 것 같았고 두 사람은 도저히 이건 못 먹겠다며 화를 냈고 일단 조금만 더 먹어보라는 말로 꼬드기는 누이를 완력으로 제압하고 탈출에 성공했으나 결국 배탈로 인해 집 밖으로의 탈출에는 성공하지 못했다는 더욱 슬픈 이야기.

지난 요리에 대한 슬프고도 분노에 찬 기억으로 그들이 나의 가게를 어이없고 황당하고 기상천외한 도전기로 받아들인다 해도 할 말이 없다. 다만 그 기억은 지난 실수일 뿐이라고 해명하기 위해, 그들의 비웃음을 비웃기 위해 고군분투 중이다.

다행스럽게도 청소년 시절의 불행했던 요리 감각은 저 멀리 떠나가고 종갓집 맏며느리인 엄마의 음식 실력을 발끝으로나마 살금살금 쫓아갈 수 있어서 다행이다 싶다.

조만간 그 두 남자를 초대해서 지난 악몽 같은 기억에서 해방시켜줄 생각이다.

아직은 시도조차도 완강하게 거부하고 있지만 말이다.

8. 당신의 귀에 속삭일 거야

　가게를 하면서 재미있는 점은 가게를 하지 않았다면 평생 모르고 지냈을 사람들을 알게 된다는 점이다.

　현관문과 길을 향해 있는 아일랜드 바 안쪽이 공식적으로는 내 자리다.

　그 자리에 앉아 가게 안 테이블에 모여 있는 사람들을 바라보면 인연과 우연이 새삼 신비롭게 느껴지기도 하고 그런 그들의 모습에 어느 순간 공상에 빠져들기도 한다.

　왼쪽 테이블에 앉아서 책을 읽고 있는 손님.

　날씨가 풀렸는데도 목에 스카프를 한 걸 보면 아마도 나처럼 목이 서늘하면 바로 목감기에 걸리기 쉬운 체질인가 보다. 스카프는 실크 같은 얇고 부드러운 재질인 걸 보니 목이 답답한 건 싫어하나 보다. 섬세하고 까다로운. 허전한 건 싫지만 그렇다고 강압적이거나 폐쇄적인 것은 질색하는. 그런 성격일까.

오른쪽 테이블의 두 손님.

싱그러운 목소리가 간간히 들린다. 아이들 이야기를 하는 걸 보니 엄마구나.

아이, 놀이, 친구, 미취학, 유치원, 영어, 공부, 놀이.

그들의 대화 속에서 간간히 들리는 단어들이 나를 그 시절로 데리고 갔다.

아이들의 엄마로 사는 게 행복하기도 했지만 사실은 어려움이 더 짙고 어두웠던 시절. 모성애라는 절절한 감정은 아이를 낳는 순간, 내 안의 저 깊은 곳에서 잠자고 있다가 마치 용암이 분출하듯 꾸역꾸역 그 뜨거움으로 흘러나오는 것인 줄만 알고 있던 시절.

나는 당황했다. 아이를 낳는 순간부터 당연히 흘러넘쳐야 할 모성애라는 존재가 어디에 있는 건지 찾고 있는 상황을 어떻게 받아들여야 할지 알 수 없었다.

엄마라면 당연하게 기본 장착되는 줄만 알았던 아이에 대한 구구절절한 뜨거움을 미처 느끼기도 전에 세상만사가 귀찮아졌고, 부어오른 채 늘 축축하게 젖어있는 가슴은 삶을 한 방에 너저분하게 만들었다. 처진 배와 졸라맸던 가슴에 남은 붕대의 흔적을 만지며 옷장 안의 옷들을 떠올렸다. 이제 더 이상은 예전의 몸으로 돌아가기는 힘들겠구나 하는 절망감이 먼저 들었다는 사실에 아이를 향한 죄책감과 좌절감이 얼마나 깊고 어두웠는지 그 누구도 모른다.

말할 수 없는 죄책감. 숨겨진 좌절감. 그 누구에게도 털어놓을 수 없었기에 나의 모성애는 갓 데뷔한 연기자의 연기처럼 어색하고 불편했다.

아이가 자다가 보여주는 천사 같은 배냇짓에 행복하다가도 더 많이, 더 자주, 내 존재에 대한 불안과 엄마로서의 자격에 대한 의심을 멈출 수 없었다.

사랑스러워야만 하는 아이는 도저히 이해할 수 없는 이유로 울고 칭얼거렸으며 그럴 때마다 어찌할 바 모른 채 육아 책부터 찾아보는 실전에 무능한 엄마였다. 그런 시간이 지나면서 익숙해지고 노련해지기는커녕 엄마라는 자신감도 자존감도 희미하게 옅어지고 있었다.

그 당시 마치 성경처럼 끼고 살던 육아에 대한 책들은 나로서는 도저히 따라 할 수 없는 경지의 이상적인 방법만을 제시했다. 책에서 알려주는 방법을 실천하기에는 나는 너무나 부족한 사람이었다. 도저히 해낼 수 없는 레벨의 조언으로 가득 찬 책 덕에 엄마로서의 좌절과 상심은 헤어나기 힘든 늪에 빠진 기분이었다.

나는 엄마로서 성장하지 못하고 있는데 아이들은 자라나고 있었다. 시간은 내가 엄마로서의 자리를 제대로 찾아가는 걸 기다려주지 않았다. 나는 엄마로서 자격미달이 아닐까 자책으로 괴로운 시간을 보내야 했다. 이상적인 엄마의 모습은 전문가의 책에서 볼 수 있을 뿐 도저히 책에서 알려주는 방법을 구사하기도 전에 감정이 먼저 나와 버리고는 했다. 그리고는 다시 반복되는 자책과 자괴감.

아이들이 다 클 때까지 화내고 자책하고 울고 괴로워하고 미안해하고 잘해주고. 뫼비우스의 띠처럼 돌고 나면 제자리였다.

지치고 때로는 이런 순환을 끊어야겠다고 생각했지만 다시 현실로 돌아오면 엄마라는 존재보다는 나약한 한 인간이 되어 있었다. 그런 감정의 순환은 다른 이상적인 엄마들의 모습을 보며 더욱 깊은 열등감에 시달리게 했다.

아이들이 이미 자란 지금, 엄마라는 존재는 저절로 만들어지는 것이 아니라는 모성애에 대한 새로운 이론들을 접하고 나니 비로소 마음이 편해졌다.

아마 나뿐 아니라 세상의 많은 엄마들이 이런 죄책감과 열등감, 괴로움과 힘겨움의 줄다리기 속에서 괴로워했던 것은 아닐까. 모른 척했던 건 아닐까.

다들 당연하게 받아들였던 모성애가 사실은 저절로 만들어지

는 것이 아님을, 노력으로 만들어지는 것임을, 다른 이의 모성
애에 열등감을 느낄 필요가 없음을, 자신의 모성애를 비교할 이
유가 없음을 그때의 내 귀에, 지금 앉아있는 당신의 귀에 속삭
여주고 싶다.

　지금의 당신이 최선이라고.

　당신을 의심하지 말라고.

　지난 그 시절의 나에게 하는 위로다. 만약 누군가가 모성애
는 정답이 없다고, 엄마라면 당연하게 있어야 하는 감정이 아니
라고 말해줬다면 그 시절이 조금 더 편안했을까.

9. 토요일 저녁은 80년대 클럽으로

직장생활을 하는 친구들이 맘 편하게 올 수 있는 날이 토요일. 나 역시 일요일엔 무조건 휴식이라 친구들과 놀기에는 부담이 없다.

친구들이 올 때마다 한 주 동안 틀어 놨던 에디 히긴스eddie higgins, 키스 자렛keith jarrett, 듀크 조르단duke jordan을 치우고 우리의 학창 시절을 떠올리게 하는 그때의 가요를 튼다.

신해철로 시작해서 들국화, 김현식, 김현철, 동물원, 이문세에서 좀 더 거슬러 올라가면 벗님들 때로는 박남정이 등장하기도 한다.

토요일에는 주인이자 손님 행세를 하며 알바에 디제이 역까지 다중적인 캐릭터를 소화하는 나로서는 정신없이 바쁘다가 취해 버리면 피아 구분이 없어지는 무아지경의 상태에 이르기도 하는데 다음 날이면 두통약을 삼키면서 술집 주인의 비애에 대해 가족들에게 토로하기는 하지만 씨알도 먹히지 않는 하소연이라는 걸 잘 안다.

남자로만 구성된 친구들과의 저녁 식사가 예약되었다.

그들과의 우정은 스물 이후로 계속되었는데 그들은 어떨지 모르겠지만 나는 그들을 빼고는 내 이십 대를 설명할 도리가 없다.

1980년대 후반을 가로지르는 음악과 영화, 장소와 음식, 모든 기억들 속에 그들이 등장한다. 주인공은 따로 있음에도 그들은 장면의 구석구석에서 씬스틸러의 역할을 충실히 해내면서 삼십 년 가까이 강렬한 이력을 이어가고 있었다.

친구들은 미국에서 막 도착한 한 친구의 환영을 위해 그중 하나가 막 문을 연 불란서 다방을 모임의 장소로 택했다. 그것이 문제였다.

어떤 저녁 식사 예약보다 더 신경이 쓰였다.

집에서 했던 파티와는 달리 가게 주인으로서 맞는 파티는 또 달랐다.

누군가에게 특히 아는 이에게 음식을 내고 돈을 받는다는 건 부담스러울 뿐만 아니라 어색하고 난처한 일이었다.

지인이 아니더라도 누군가의 소중한 돈을 내 음식과 맞바꾸는

일은 꽤나 부담스러운 일이어서 가게 문을 연 초반에는 그런 부
담이 마음에 쌓여 늘 깊게 잠들지 못했다.

이 케이크가, 이 홍차의 세팅이, 이 요리가 당신이 지불할 비용
에 적당한가. 자주 손님의 입장이 되어 이 가격에 이 정도라면
어떨 것인가 고민하다 보면 잠을 설치기 일쑤였다.

친한 친구들에게 이 음식이 과연 가격에 상응하는지 묻는 건
지겨울 정도였다.

대부분 가격에 비해 오히려 과하다는 평이었지만 그들의 말이
진심으로 느껴지지 않았다. 가게 초보 주인을 위로하는 말이라
며 의미를 두지 않는 이중적인 태도를 자주 취했다. 스스로 자주
되짚어보고 그들의 말을 수시로 의심했다.

가뜩이나 손이 컸던 탓에 많이 더 많이, 맛있게 더 맛있게. 다짐
하면서 재료비는 재료비대로 양은 양대로 제멋대로 올라갔다.

샐러드를 한 사람 앞에 디너접시 가득 내놓는 사태가 벌어지
고 손님들이 그 양에 한숨을 쉬고 나서야 조금씩 줄이는 뒤늦은
반성을 시작했다.

오랜만에 만나는 친구들에게 어떤 메뉴를 줘야 하나 고민스
러웠다.

집에서의 초대라면 하던 대로 편하게 할 수 있었지만 가게에
서의 첫 번째 회동이라는 조건이 고민스럽게 했다. 그들 중 특

별히 까탈스러운 식성을 가진 사람은 없었지만 서양식을 즐기
는 친구도 딱히 없었으므로 메뉴는 프랑스식에서 한식으로 날
아다녔다.

기억 속의 그들을 설명하는 메뉴는 김치찌개와 소주, 두부김치
와 동동주, 치킨과 맥주, 파전과 막걸리였다. 하지만 프랑스 가
정식을 하는 가게에서 그 메뉴를 배달시킬 수는 없었다.

새로운 메뉴에 어색해할 것이 분명하지만 새로운 경험이 특별
한 즐거움을 만들어줄 거라는 믿음으로 꼬꼬뱅coq au vin과 슈크르
트choucroute, 키쉬quiche와 씨겨자moutard à l'ancienne 샐러드를 준비했다.

바게트를 얇게 저며 연어, 크랩 무스를 발라 전식인 엉트레
entrée를 준비하고 맨 마지막은 프랑스 손님 초대의 마무리처럼
프로마주fromage와 좀 더 드라이한 와인을 내놓기로 했다.

움직이는 가라오케라고 불리는 친구를 위해 기타도 가져다 놓
았다. 이만하면 내 인생의 구석구석 등장하는 원로배우들을 맞
을 준비는 완벽했다.

드디어 토요일.

늦은 오후가 되자 하나 둘 가게에 들어섰다. 그들은 각자 서
서히 늙어가고 있었지만 가끔씩 마주칠 때마다 시간의 속도에
서로 깜짝 놀라고는 했다. 갑자기 우리는 갓 스물을 넘긴 청춘
이 된 듯 격정적으로 밀려오는 기억들을 나누면서 현기증을 느

겼다.

가게 안에 여기저기 제 멋대로 앉아 우리가 함께 했던 그 시절 언저리를 이야기하는 그들을 바라보면서 스물의 그들을 발견하기란 쉬운 일이 아니었다.

늙지 않을 줄 알았던 스물.

나이 들지 않을 거라고 믿었던 그들.

마흔을 상상하던 대화에 세상을 다 산 것 같은 한숨을 몰아쉬던 그때의 그들이 흰머리를 가득이고 그때보다 좀 더 그윽한 목소리로 서로를 부르고 있었다.

대화는 저녁으로 준비한 메뉴에 대한 설명과 서로 알 수 없었던 지난 시간들과 각자의 신변에 대한 주제로 이어졌다. 이야기는 꼬리를 물고 이리저리로 사방팔방 휘몰아치며 시간을 훑었고 가뜩이나 어지러웠던 나는 두세 잔의 와인에 기억이 깜빡거리기 시작했다.

음식과 와인은 바닥을 드러내기 시작했다. 각자 기분 좋을 만큼 취했다.

신해철을 들으며 흥얼거리던 우리는 '슬픈 표정을 짓지 말라'며 고래고래 외쳤고, 이승철에서는 머리 허연 중년들이 미쳤는지 '어리다고 놀리지 말라'며 샤우팅을 했다.

드디어 기타가 등장하자 삼십 년 된 각자의 지정곡을 부르기 시작했다.

이승철의 〈희야〉를 시작으로 삼십 년째 불러 봐도 괘씸한 희야는 나타나지 않았고, 〈담배 가게 아가씨〉는 여전히 동네 총각들의 인기를 한 몸에 받고 있었으며, 〈제비꽃〉은 시들지도 않은 채 스물의 들판 한가운데서 피어 있었다. 〈겨울바다〉까지 날아간 우리는 차가운 바다의 바람에 어깨동무를 하며 얼마나 〈바보처럼 살아왔는지〉 반성하는 노래를 불렀다.

우리가 함께 걸어온 시간 속에는 얼마나 많은 노래들이 사건과 기억의 열쇠가 되어 곳곳에 숨어 있는지 일일이 찾아내기가 버거울 정도였다.

노래가 노래를 불러내고 있었다.

노래에 있는 단어 한 마디가 또 다른 노래를 끄집어내서 다음 차례를 세워 놨다.

'너희, 이 노래, 넘어갈 수 없을 텐데?'

노래들에 멱살이 잡힌 기분이었다.

기억의 노래들이 끌면 끄는 대로 이리저리 기웃거리며 부르다 보니 목이 아파왔다.

분해가 잘 되지 않는 알코올은 기억 회로의 접점을 불안하게 했다.

결국 그 밤 기억의 필름은 선명한 컬러와 오래되어 바랜 흑백과 빛이 들어간 탓에 검게 날아간 부분이 교차 편집되었다.

나중에 들은 바로는 내가 가게 주인 되니까 좋지? 이렇게 놀 수 있는 날이 많지 않아. 시간은 너무 빠르고 우리는 이미 늙었어. 그러니까 이제부터 자주 만나야만 해. 자! 계산은 해야지! 와인과 프로마주 다 내가 쏜다. 하지만 저녁식사는 계산할 거야. 자, 카드 줘. 자, 나도 손님이니까 나까지 일곱 명입니다. 고객님. 아~ 감사합니다. 카드결제 완료!

생각하고 싶지 않은 기억을 주위에서 줄줄이 읊어줬다. 친구들아. 미안하다.

10. 손님이 있다가 없다가

오월에는 가족 행사도 많고 돈 나가는 날들이 많아서 손님이 없다고들 했다.

유월에는 여름을 앞두고 있어서 손님이 준다고 했다.

칠월에는 바캉스가 끼어 있어 지갑을 열지 않는 거라고 했다.

시험 때는 아이들이 일찍 귀가하고 학원으로 픽업 가야 해서 손님이 보이지 않는다고 했다.

추우면 추워서

날이 좋으면 날이 좋아서

비가 오면 비가 와서

바람이 불면 바람이 불어서

손님은 계속 없었고 이유는 그럴듯하게 이어졌다.

비즈니스에 탁월한 능력을 가진 사람이라면 그 상황을 반전해서 이용할 줄 알겠지만 나는 이유를 완벽하게 이해하는 가게 주인으로서 그 어떤 반감도 가질 수 없었다. 사실이 그러하니까.

비 오는데 굳이 뭐.

바람 부는데 굳이 뭐.

추운데 굳이 뭐.

돈 쓸 데도 많은데 굳이 뭐.

애들 오는데 굳이 뭐.

그런 손님 마인드에 빙의되다 보니 그런 저런 이유를 뚫고 우리 가게 문을 여는 손님이 오히려 의아하고 대단해 보일 지경이었다.

그러다가 혼자만의 감동에 빠지기도 하는 것이다.

이런 험난한 이유에도 불구하고 올 만큼 우리 가게의 홍차가 맛있구나.

우리 가게의 음식이 근사하구나.

우리 가게가 분위기 있구나.

그건 주인의 착각일 테지만 그 순간만큼은 흥에 겨운 것이다.

그런 감정의 고조 덕분에 굳이 하지 않아도 될 행동을 하기도 한다.

쓸데없이 주문하지도 않은 메뉴를 이것저것 먹어보라고 권하는 것이다.

실없어 보이는 주인이다.

손님은 있다가 없다가 하는 거라는 걸 깨닫게 되기까지 시간이 걸렸다.

어느 순간, 자주 발걸음을 하던 손님이 보이지 않을 때면 손님에 대한 걱정과 함께 조만간 발등에 떨어질 가게 임대료를 떠올리며 한숨을 짓는다.

그런 생각이 채 머릿속을 빠져나가기도 전에 처음 보는 손님이 가게를 들러 이것저것 묻다가 굳이 필요해 보이지 않는 오리진 티와 티포트를 구입해 간다.

그렇게 예상치도 못한 손님이 묵은 걱정을 덜어주고 간다.

오늘은 손님이 없네. 매상도 없네. 말일까지는 어떻게든 되겠지. 하면 누군가가 짠 하고 나타나서 이 도끼가 네 도끼냐 묻는 참으로 신비로운 장사의 시스템이 아닐 수 없다.

그러나! 오늘은 진짜 없다. 손님이. 이 신비로운 장사의 이론이 예외인 날도 있다는 말을 했던가. 내가.

11. 프랑스 가정식이 유행인가 봐

손님들이 가게에 와서는 그 방송 봤어? 한다.

텔레비전이 없는 나는 그저 웃으면 된다.

그 다음은 알아서 어떤 이야기인지 손님들이 노래 이어 부르기를 하듯 방송 하나를 재생해낸다.

그날의 이야기는 그랬다.

요즘 방송에서 프랑스 가정식에 대한 꼭지가 자주 등장한다고 했다.

특히 며칠 전 화제가 되었던 프랑스 가정식을 하는 레스토랑의 이야기였다.

이름도 어려운 방식으로 고기를 구워내고, 역시나 이름도 어려운 어떤 요리의 레시피가 지나치게 복잡해서 주방에서 일하는 직원들이 힘들어한다는 내용이었다. 그 이야기가 서너 명의 입을 통해 완성되었을 때 그 복잡하고 힘들다는 메뉴를 기억하는 사람은 단 한 명도 없었다.

그들의 열띤 의견을 미루어 짐작해 보건대 가정식이라기보다는 가정식이라는 이름이 가진 편안함과 익숙함을 팔고 싶은 레스토랑용 메뉴겠구나 싶었다.

가게를 시작하고 자주 듣는 말이 스테이크는 어떻게 나오는지에 대한 질문이었다. 일단 그 질문은 스테이크가 나온다는 전제로 시작하기 때문에 설명에 긴 시간이 걸리고는 했다.

프랑스 가정식이 스테이크라는 등식은 어디에서 연유하는 것일까.

사람들의 오해는 많은 프렌치 레스토랑의 메뉴로부터 기인하는 것이 아닐까 싶다.

프랑스에서 살 때 저렴한 외식 체인업체를 제외하고 지역의 작고 특색 있는 레스토랑에서 메뉴판에 스테이크가 있는 경우는 별로 본 적이 없다. 있었다 해도 끓이거나 찌거나 조리거나 오븐에 익히는 요리가 대부분인 메뉴에서 별로 존재감이 없었을 것이다. 실제로도 굽는 것보다 훨씬 맛있는 조리법이 많았으니까.

오래된 수도원이 있던 브르고뉴의 작은 마을로 여행을 갔을 때였다. 식사를 하기 위해 그 마을 근방을 통틀어 하나밖에 없는 레스토랑을 찾아냈다. 문을 열고 들어서는 순간 그 안에 있던 사람들이 고개를 돌린 채 얼어붙은 듯 우리를 쳐다봤다.

주방의 몇 명 안 되는 요리사들도 고개를 내밀어 동양인을 처음 보는 듯 호기심 어린 눈길로 내다보고 있었다.

가게 안은 시골 풍경과 잘 어울리는 분위기였다. 낡았지만 색감이 화려한 타일의 바닥과 오래된 느낌의 나무 테이블과 밀짚으로 엮어진, 프랑스 시골 어디서나 볼 수 있는 의자가 보였다. 우리는 한가운데 비어 있는 테이블에 조심스럽게 앉았다.

주방장임에 틀림없어 보이는(다른 사람에 비해 과하다 싶을 정도의 크기의 주방 모자가 찌그러진 채 머리에 끼워져 있었다) 거대한 몸집에 비위가 좋아 보이는 사람이 주방에서 낡은 메뉴판을 한 손에 끼운 채 느릿느릿 걸어 나왔다.

그의 등장을 보며 핸드폰도 없는 상태의 우리가 유일하게 의지해야만 했던 한불사전을 테이블 위로 슬그머니 올려놓았다.

가게 안의 분위기는 마치 익살스러운 연극무대처럼 우리의 등장과 함께 새로운 막이 시작되고 있었다.

주방장은 낡은 메뉴판을 우리 앞에 펼쳐 놓고 말없이 웃고 있었다. 메뉴판에는 프랑스어의 알 수 없는 단어들로 가득했다. 주변의 관객들은 드러나게 쳐다보지는 않았지만 곁눈질로 우리의 행동을 주시하고 있었고 주방장은 사람 좋은 미소를 짓고는 있었지만 그 자체로 우리의 선택을 재촉하는 듯했다.

한불사전을 펼쳐 메뉴를 완성하기에는 상황이 좋지 않았다. 그래서 우리는 행운의 여신에게 우리의 미각을 맡겨보기로 했다.

좋아하는 숫자 3. 메뉴판의 세 번째 메뉴를 주문하기로 했다. 마침 세 번째 메뉴는 프랑스에서 일 년여 생활했음에도 처음 보는 낯선 단어들로만 이루어진 메뉴였다.

우리가 세 번째 메뉴를 가리키며 주문을 하자 주방장은 우리의 주문을 농담으로 받아들이듯 주위를 둘러보며 한 손을 휘저었다. 그러자 주변의 관객들은 재미있는 일이 벌어진 듯 테이블을 치거나 손을 휘저으며 중얼거렸다. 올랄라 oh la la.

'대체 뭐 길래?'

우리가 의아한 표정으로 올려다보자 주방장은 자신의 배를 긁는 흉내를 냈다.

'아~ 돼지고기라면 삼겹살, 소고기라면 치맛살 정도 되겠군. 망한 메뉴는 아니겠어.' 우리는 다가오는 미래를 상상도 하지 못한 채 그 상황을 긍정적으로 받아들이고 있었다.

좀 시간이 흐른 뒤, 요리사는 자그마한 꼬꼬뜨cocotte 무쇠냄비를 양 손에 장갑을 낀 채 들고 나와서 우리 테이블에 올려놨다.

비주얼만으로는 도저히 가늠할 수 없는 멀건 국물이 가득한 요리였다.

각자 바빴던 작은 식당 안의 관객들은 요리가 나오는 순간부터 다시 우리에게 집중하고 있었다. 그들의 눈빛에는 호기심과 재미가 흘러 넘치고 있었다.

나는 냄비 안에 가득한 건더기를 들어 접시에 옮겨 담았다.

투박하게 구워 낸 깡바뉴campagne 빵을 조금 찢어 들고는 오른손의 포크로 건더기를 찍으려고 하는데, 아무래도 이건 내가 아는 범위 내의 육질이 아닌 것이 분명했다. 의심으로 가득해진 포크의 주인은 포크를 내려놓고 스푼을 들어 국물을 떠서 입 안으로 가져갔다. 일단 국물을 먹어보고 나서 건더기에 도전을 하겠다는 계획이었다.

국물을 떠서 입 안에 조심스럽게 흘려 넣었는데 이걸 뭐라고 해야 하나. 느끼함의 극치. 느글느글의 최고봉. 울렁울렁의 하이엔드.

뭔 기름이 가득한 국물을 입에 넣고 나니 혀의 돌기가 기름으로 코팅이 되어 김치나 고추장을 먹지 않는 한, 맛을 느끼기는커녕 영영 기름기가 벗겨지지 않을 것만 같았다.

고개를 숙여 자세히 살펴보니 고기의 종류는 돼지로 추정되었고 그의 온갖 내장들이 알 수 없는 기름과 육수로 익혀진 요리라고 예측될 뿐이었다.

먹긴 먹어야 했기에 이건 프랑스 스타일의 순댓국이라고 자기 암시를 하며 먹어보려고 했으나 끝 간 데 없이 느글거리는 맛과 흐물거리는 식감, 진한 국물과 가득한 기름기는 맛있게 구워져 곁들여진 빵마저 비위 상하게 만들었다.

한 입을 입에 넣자마자 조건반사적으로 드러난 표정에서 가게 안의 손님들은 다들 소리 없이 웃고 있었다.

마치 토속적인 맛으로 유명한 순댓국 집에 들어온 외국인의 당황스러운 모습을 볼 때의 기분이 비슷했을까.

식사가 끝날 즈음 동양인들의 요리 평이 궁금해서 다시 테이블로 건너온 주방장에게 식사를 마저 끝내지 못한 것에 대한 사과를 했고 그는 예상했다는 듯이 손을 휘휘 저으며 괜찮다고 했다.

새로운 맛과 식재료가 주는 두근거림은 여행의 가장 큰 매력이었다. 인터넷의 발달과 해외여행, 해외 직구, 외국 수입매장의 대중화 덕에 그런 설렘이 점점 줄어들고 있다는 점이 아쉽기는 하지만 말이다.

프랑스 가정식으로 시작해서 프랑스 현지 레스토랑의 체험기로 흘러가버린 갈지자 행보의 이야기를 인내심으로 읽은 당신에게 박수를. 브라보!!!

12. 분리불안증후군

모든 아이들이 자라면서 겪는 일반적인 증후인지는 잘 모르겠다.

내게 그 증세는 성인이 될 때까지도 잊히지 않을 정도로만 가끔씩 존재를 드러냈다.

그 증세는 국민학교 때 가장 최고조에 이르렀었다.

학교에서 집으로 돌아올 때까지 화장실도 갈 수 없었고, 머리카락 한 올, 지우개 똥도 놔두고 올 수가 없었다.

그것들은 나의 또 다른 존재였다. 도저히 참을 수가 없어서 화장실을 다녀온 날은 밤새 뒤척였다.

또 다른 내가 컴컴하고 냄새나고 무서운 곳에서 떨고 있다고 믿었다.

가족들이 옆에 있어도 나는 혼자 학교 화장실에서 울고 있는 상상에 소름이 끼치고 죄책감에 괴로웠다.

그 증세는 그 전의 학교에서 새로운 학교로 전학을 가면서 시작된 것 같다. 익숙한 환경에서 나의 의지와는 상관없이 바뀐 상황은 좋지 않았다.

새로운 담임은 선생 자질을 찾아볼 수 없는 돈만 밝히는 사람이었고, 그 사람이 내 뒤에 앉은 아이의 뺨을 때리는 걸 목격한 후 지금 유행하는 의학용어로 외상 후 스트레스 장애에 시달렸다. 마치 내가 맞은 것처럼 자주 뺨이 화끈거렸고 울먹거렸다.

트라우마는 성인이 될 때까지도 몸이 힘들 때면 악몽으로 재생되고는 했다.

사건의 발단은 선생님께 안부편지 보내기라는 방학 숙제였다.

그 아이는 방학을 맞아 간 시골에서 나무껍질로 선생님 얼굴을 만들었고 그걸 봉투에 넣어 보냈다. 그 아이는 봉투에 자신의 작품을 넣으면서 잠시 설레었을까.

편지 봉투에 넣어진 선물은 우체국을 거쳐 돌고 돌아 선생의 손에 도착했을 때는 의미 없는 나무 조각들이 되어 있었겠지. 선생은 이런 쓰레기는 대체 뭐람. 혼잣말을 했을까.

가끔씩 내 기억에 묻고는 한다.

그 기억이 맞을까. 난폭했던 선생이 저질렀던 수많은 다른 사건들이 얽히고설켜 새로운 기억을 만들어낸 것은 아닐까.

대체 내 뒤에 대각선으로 앉아 있던 그 아이, 게다가 가난하다는 이유로 무시를 당했던 아이가 선생의 온 힘을 다한 뺨을 맞을 이유가 뭐였을까.

사십이 넘도록 어디에 있든지 몸이 아프고 힘들 때면 꿈마다 그 아이의 눈동자가 찾아왔다.

크고 맑은 눈동자가 강한 힘에 의해 고개가 옆으로 젖혀지는 순간, 눈물로 가득 차올랐다. 그건 어쩌면 나의 눈이었을지도 모른다. 나의 눈물이었을지도 모른다.

지금 생각해보면 그때 나는 영혼에 심각한 상처를 입었던 것이 분명했다.

몰래 고개를 돌려 그 아이를 쳐다봤고 그 눈과 마주쳤던 잘못에 대한 벌을 너무 오랜 시간 받아야 했다.

그 꿈을 꾸고 나면 늘 더 기운이 빠져 결국에는 끙끙 앓아누워야 했다. 그 뺨을 때린 그 사람에 대한 증오와 살의로 더 힘들었다. 국민학교 4학년이 겪기에는 너무 처절한 기억이었다.

그런 경험이 나를 학교로부터 멀어지게 만들었다.

쾌활하고 자신만만했던 나는 점점 더 말수가 적어지고 움츠러들고 예민해졌다.

그 당시를 기억하는 친구들은 내가 얼마나 말이 없었는지를 기억한다. 그런 사람으로 태어나지 않았지만 그런 사람이 되어 버렸다.

일상이 바쁘게 흘러가면서 그 아이의 눈은 더 이상 꿈에 나오지 않았다.

가끔씩 떠올리기는 했지만 그게 다였다.

가게를 열었다.

몸은 힘들고 가끔씩 마음까지 힘든 날이 끼어들었다.

가게의 문을 닫고 어두운 가게 안 쪽을 바라보면 또 다른 나를 놔두고 가는 듯한 느낌에 불편한 마음이 들기 시작했다.

어릴 적 분리 불안 증세가 다시 시작된 것만 같았다.

문을 닫고 불을 끄면서 가게 안의 모든 것들에게 미안해했고 아침에 불을 켜면서 반가워했다.

가게 안의 물건들을 향한 자기 대상화가 살금살금 시작되고 있었다.

하루는 불안하고 하루는 불만스러웠다. 그렇게 시간이 가고 있었다.

그저 그런 나날이 계속되던 어느 날 설핏 든 낮잠 속에서 그 아이의 눈을 다시 만났다. 만날 때마다 늘 그렇듯 억센 힘에 의해 젖혀진 그 아이의 눈에는 눈물이 가득 찼다.

사십여 년 간 구경꾼이자 관찰자였고 주변인이었던 나는 왜 그 아이의 눈으로부터 벗어날 생각만 했을까. 왜 그 아이의 눈을 위로할 생각을 하지 못했을까. 왜 나 역시 피해자라고만 생 각했을까.

'그때의 그 선생보다 훨씬 나이를 먹은 나는 왜 여전히 꿈속의 그 선생에게 주눅 든 약자였을까. 나는 그때의 그 선생보다 훨씬 크고 고상하고 아름다운 사람으로 자랐는데. 이렇게 긴 시간이 지났는데. 어른이 되었는데.'

그때 현실의 내게는 불가항력적인 사건이었지만 지금은 꿈속 에서 만나는 그 아이를 위로할 수 있는 사람으로 자랐다는 사실 을 너무 늦게 알아버린 걸까.

그날 저녁, 꿈속에서 나는 갑자기 어른이 되었다. 어리고 말수 없던 조용한 아이가 당당하고 품위 있는 어른이 되었다. 그리고 이제는 내 아이보다도 훨씬 어리고 가늘고 힘이 없어 보이는 그 아이의 눈에게 말을 건넸다.

'미안했어. 그냥 보기만 해서 정말 미안했어. 내가 다 기억하 고 있어. 그러니까 너는 다 잊어. 좋은 기억만 가지고 잘 살고 있 기를 바라.'

눈은 아무 말도 없었다. 말을 입 밖으로 내었는지 울먹거리 는 내 목소리에 잠이 깼다. 눈을 뜨는 순간, 눈물이 흘러내렸다.

한 달이 지났다. 더 이상 힘들어도 그 아이는 보이지 않았다.

13. 7월 말 지구 종말

우리나라의 공식적인 휴가는 7월 말과 8월 초로 이어지는 며칠이다.

우리나라에 들어온 이후 단 한 번도 그 시기에 휴가를 잡아본 적이 없던 일반인이었던 나는 다들 간다는 7월 말 휴가를 온몸으로 느껴본 적이 없었다.

가게를 열고나서야 7월 말 휴가라는 범국가적인 행사가 어떤 힘을 발휘하게 되는지 알게 되었는데. 두둥.

주부들이 가게 주 고객인 탓에 기말고사나 중간고사 같은 시험과 학교 행사에 많은 영향을 받는다. 그때 즈음이면 거리마저 한산해지고는 한다.

그 리듬을 파악한 가게들은 지금쯤 대부분의 학교가 중간고

사를 시작했으니 며칠간은 한가하겠구나. 하는 예측을 하고 있
을 터였다.

나 역시 가게 오픈 몇 개월도 되지 않아 손님의 왕래 그래프를
예측할 수 있게 되었다. 사실 예측할 만큼 손님이 있는 것도 아
니기에 그렇게 말하기도 우습지만 아무튼 그렇다.

플리마켓은 가게를 열기 전에 꼭 해보고 싶은 행사였다. 서울
의 몇몇 티룸에서는 정기적으로 하고 있는 이벤트여서 부럽기
도 했고 서울까지는 못 가니 여기 가게에서 그런 재미있는 판을
벌이는 것도 괜찮겠다 싶어 그날 하루 매출을 포기하더라도 시
작하기로 했다.

그렇게 야심차게 시작한 플리마켓의 두 번째 날짜가 하필 7
월 30일.

식사도 플리마켓도 아무리 예약을 강조해도 예약? 그게 뭐? 하
는 손님들로부터 예약에 집착하는 몰인정한 사람이라는 평가를
들은 바, 예약에 대한 기대는 어느 정도 포기하고 있던 중이기
는 했지만 해도 해도 너무했다.

플리마켓의 판매자는 예약을 해야 자리를 세팅하고 음료와 다
과를 준비할 수 있어서 예약이 필수라며 애원하는 어투로 공지
했으나 간절한 바람과는 별도로 첫 번째 플리마켓 때 예약을 한
사람은 단 한 명. 그나마도 내가 구두로 몇 번이고 예약을 확인

받은 사람이었다.

그런 과정의 불필요한 확인과 언급의 반복은 플리마켓이 열리기도 전에 제풀에 지치게 했다. 플리마켓은 가게를 준비하면서 무엇보다 꼭 하고 싶었던 프로젝트 중 하나였기 때문에 그저 다 내 죄겠거니 하는 마음으로 공지하고 예약을 부탁하면서 애면글면 했다.

그리고 두 번째 플리마켓 역시 공식적인 예약은 단 한 명도 없었다.

가게를 오는 손님마다 확인하고 다시 확인하고 참가 의사를 들어야 했다. 말이 확인이지 거의 강압에 가까워서 이러다가 그나마 오는 손님마저 다 등을 돌리는 것이 아닌가 하는 불안감마저 들었다.

게다가 첫 번째 플리마켓에서는 손님들이 가지고 나와서 판매하는 제품들에 대한 이견(무료 나눔이냐, 돈을 받고 판매하는 제품이냐 하는)이 속출하면서 본래의 의도와는 다르게 말 한마디에 상처받은 손님들은 더 이상 참가를 기대할 수 없었고, 새로운 참가자가 들어오기에는 시기적으로 촉박했다. 하지만 상황이 어찌 되었든 이왕 시작한 플리마켓은 일단 고를 외칠 수밖에 없었다.

드디어 7월 30일. 월요일.

갑자기 그 많던 사람들이 동시에 공간 이동이라도 한 듯 길과 공원에는 인적이 뚝 끊겼다.

몇 년 만의 폭염이 그 원인이기도 했지만 폭염에도 불구하고 어제까지만 해도 행인들이 꽤 많았던 걸 기억한다면 하루 사이에 인간의 흔적이 사라진 건 마치 데이비드 카퍼필드의 행인을 대상으로 하는 마술을 보는 것 같은 착각마저 불러일으켰다. 불에 올린 프라이팬처럼 잔뜩 달아오른 길에는 가끔씩 자전거를 탄 사람만 보일 뿐 마치 지구 대종말에 나 혼자 살아남은 기분마저 들었다.

7월 말 휴가가 본때를 보여주고 있었다.

이번 플리마켓은 망했구나 싶었다. 별 수 없다고 생각했다. 내 재량을 벗어난 일이라고 생각하니 어제까지 끓었던 속이 차분해졌다.

오후가 되자 강제적으로 참가를 신청했던 몇몇이 도착했다. 그들이 가방에서 이런저런 물건들을 꺼내어 세팅하는 동안 나는 불안한 눈빛으로 바깥을 내다보았다.

한 시간 동안 창유리를 통해 본 건 배달 오토바이 한 대 뿐이었다.

플리마켓이 물물교환이 될 것만 같은 불길한 예감.

늦은 오후에 폭염이라는 핑계로 차갑게 재워진 맥주와 와인을 훌쩍거리면서 손님을 기다렸다. 다들 눈치는 빨라서 올 기미도 없는 손님 대신 서로의 물건들을 탐색하고 있었다.

입어보고 신어보고 들어보고.

이거 내가 찜.

저건 내가 찜.

찜하지 말고 그냥 사셔도 돼요. 손님이 안 올 것 같군요.

갑자기 분위기는 흐드러지기 시작했다.

너무나 조용한 거리에 조그만 가게 안에 우리만 모여 작은 좌판을 벌였다고 생각하니 황당하지만 재미있다고 느껴진 모양이었다.

게다가 다들 약간의 알코올이 혈관을 흐르기 시작하자 물건들은 이 손에서 저 손으로 옮겨갔고 이 물건들과 저 물건들이 맞바뀌졌다. 교환의 저울추가 한쪽으로 기울었다고 생각하면 돈이 아니라 와인 한 잔을 사는 참으로 알콜릭 하고 익사이팅한 거래가 이뤄지고 있었다.

초저녁까지 길에는 이 작은 가게에서 벌어지는 플리마켓에 흥미를 느낄 만한 사람이 단 한 명도 지나가지 않았다. 그렇게 우리의 플리마켓을 가장한 물물교환은 왜 이 물건이 당신에게 꼭 필요한지 그러므로 왜 당신이 가져야만 하는지 설득하고 떠넘기는 자리로 애매하게 흐르고 있었다.

이게 다, 7월 말 동시 휴가 때문이다.

플리마켓을 마치고 집으로 걷다가 문득 고개를 젖히고 본 하늘. 명도만으로 기괴함과 아름다움을 동시에 변주하고 있던 그 깊은 시간. 현실감이 전혀 없던 그 시간. 내가 취하면 시야에 명도만 남는다는 사실을 알아버렸다. 너무나 늦게.

14. 제 로망이에요

 가게의 주 고객은 중년 여성이다.

 요즘은 젊은 여성 손님들도 점차 늘고 있기는 하지만 좀처럼 늘지 않는 손님 부류가 있는데 중년 남성이다. 혼자는 물론이거니와 동부인해서 손님으로 오는 것조차 불편해하는 분위기가 있다.

 가게의 분위기가 남의 집 거실 같은 컨셉이라 그런 것인지, 아니면 다른 특별한 이유가 있는 것인지 가끔 고민도 해보지만 명쾌한 답이 나오지는 않는다.

 그저 평범한 가게 분위기가 아니고 손님 대부분 비슷한 또래의 여성들이 와인이나 홍차를 앞에 두고 이야기하고 있거나 대화보다는 음악 소리가 더 잔잔하게 들리는 공간에 대한 부담감이 아닐까 추측해 볼 뿐이다.

아무튼 나로서는 주 고객층인 그들의 대화에 언급되는 주제에 대한 공감이 쉽다는 것이다.

저쪽 테이블에서 소곤거리던 대화가 어느덧 다른 테이블로 이어지고 급기야는 대부분 손님들의 대화 주제가 되어 서로 의견을 나누는 일이 빈번하게 일어났다. 그건 대단히 생경하고 재미있는 경험이었다.

분명 영업장소임에도 불구하고 어느 순간 같은 목적을 위해 모인 공동체적인 느낌이 드는 특별한 경험이었다. 내가 아니지만 내 안에 분명히 있을 또 다른 나의 모습을 만나는 기분이었다.

내 안의 또 다른 나의 모습으로 오는 손님들.

그들이 가게에 와서 차를 마시고 가면서 조심스럽게 꺼내는 말, 표현은 조금씩 달랐지만 내용은 하나였다. 자신도 한 번쯤은 꼭 가게를 해 보고 싶다는 고백이다.

그 말을 듣는 나 역시 그 마음을 잘 알기에 대답은 같았다.

제가 가게를 한 달 빌려드릴게요. 가게를 한번 해보실래요.

생김도 스타일도 재력도 다양한 사람들의 한결같은 말을 듣자니 실제로 그런 프로젝트를 한 번 기획해볼까 하는 생각도 했다.

몇 년이고 계약을 하고 가게를 꾸미고 하는 시간적, 경제적 부담감 없이 한 달의 세와 관리비, 약간의 렌털 비용만 부담하고 자신이 상상했던 삶을 살아보는 프로젝트. 기본적인 시스템은

다 갖춰놨으니 막걸리를 팔든 커피를 팔든 떡볶이를 만들든 친구와 놀이터를 만들든 자기만의 오롯한 공간을 만들어 보는 것이다.

어른들의 놀이터. 우리 가게의 캐치프레이즈이기도 하니 잘 맞는 프로젝트라고 생각했다.

그런 생각의 이면에는 사실 이런 생각이 숨어 있기도 했다.

다들 부러워하며 나도 이런 가게를! 할 때 그들의 눈빛에는 상상이 펼쳐내는 즐거움이 보였다. 그들은 실제로 가게를 운영하는데 필요한 정신적 육체적 노동에 대한 현실감이 없었다. 당연하겠지. 몇 개월 전에 나도 그랬으니까 말이다.

그저 내가 한시적이기는 하지만 집이 아닌 공간의 주인이라는 매력적인 유혹. 그 공간에서 펼쳐내는 나만의 시간, 나만의 공간, 아우. 너무 달콤해.

나 역시 가게를 오픈하고는 출근할 때마다 콧노래를 불렀다.

드디어 아침에 다 나가고 텅 비어버린 집에서 열심히 해도 별티도 나지 않는, 하지만 한 번이라도 거를라치면 바로 빈틈을 드러내는 가사를 해치우고는 소파에 앉아 멍하니 숨을 고르던 과거여 안녕~

이제는 나만의 공간에서 책도 보고 좋아하는 음악의 볼륨도 원하는 만큼 올릴 수 있는, 뭐든 내 맘대로 할 수 있는 공간. 그런 근사한 곳으로 출근을 하는 멋진 나. 콧노래를 부르면서 청소를 하고 가끔 신나는 노래에 맞춰 춤도 슬쩍슬쩍 추곤 하는 천진난만한 가게 주인의 즐거움은 며칠 못 가서 집안일은 일도 아니었고 가게의 노동은 상상과 달랐다는 사실을 그들에게 말해 줄 수는 없었다.

고강도의 육체노동과 주인으로서 계획, 집행해야 하는 경제적, 정신적 노동이 얼마나 엄청난지 입 밖에 내지도 못하고 꿀꺽꿀꺽 삼키고 있어야 했다.

예약에 따른 물품을 수시로 점검하고 필요한 물건에 대한 구매를 확인하고 홍차에 대한 수요를 예측하고 해외에서 배송되어 세관에 도착해서 다른 물품과 만나는 바람에 관세를 내야 하는 사태를 막기 위해 각 지역에서 출발하고 세관에 도착하는 시간을 계산해서 구매 날짜를 미리 예측 기록해야 하고 틈틈이 바뀌는 메뉴를 선정하기 위해 머리를 짜내야 하고 거기에 필요한 부재료들을 뽑아야 하고 무엇보다 끊임없이 설거지를 해야 했다.

그들처럼 나 역시 예상하지도 상상하지도 못했던 일이었다.

상상의 가게는 나만의 공간에서 폼 나게 앉아 책을 읽고 멋지게 손님을 맞는 모습만이 있었을 뿐이다. 그러니 그 달콤한 상상과 고단한 현실과의 간극은 쉽게 좁혀지지 않았다. 불과 한 달도 되지 않아 행주를 집어던지며 난 못해! 포기를 선언하고 싶

은 마음이 굴뚝같았으나 그놈의 자존심 때문에 꾹꾹 눌러 담았
을 뿐이다.

　가게 열면서 했던 그 한마디 때문에.

　동탄의 랜드마크가 되어주겠어!

왜 그랬어? 대체!

15. 끝끝내 맛집이 되지 못한

가게 운영보다도 힘든 일을 꼽으라면 단연코 sns 홍보다.

다양한 sns마다 다른 분위기에 대한 농담이 있다. 웃자고 하는 이야기니 진지해질 필요는 없다.

카카오스토리는 이렇게나 잘난 우리 가족. 인스타그램은 이렇게나 멋진 나. 페이스북은 이렇게나 좋은 나의 인간관계. 트위터는 이러나저러나 이번 인생은 망했어.

이 중 제일 맘에 드는 걸 하나만 꼽으라면 단언컨대 트위터.

정치성향이 강하고 140자라는 틀에 자기 생각을 명료하게 정리하는 촌철살인, 현대판 하이쿠 같은 매력의 sns가 아니겠는가, 하는 생각을 하곤 했다.

그러나 개인적인 성향은 중요하지 않았다. 가게를 홍보하기 위한 큰 흐름을 따르기 위해 인스타그램에 온몸을 던져야 했다. 공양미를 받기도 전에 예측만으로 인당수에 잠수를 해야 하는 상황이 내키지는 않았으나 인당수 밑바닥에서 연꽃을 타고 오를 찬란한 미래를 상상하며 의기양양 의욕적으로 인스타그램에 입성했다.

인스타그램은 트위터와는 전혀 달랐다. 확실하게 다른 분위기였다. 우선 화려했다. 사진 위주의 분위기라 그럴 수도 있겠지만 인스타그램 안에 사는 사람들은 또 다른 세상의 사람들 같았다. 대부분 부유하고(부유해 보이고) 자주 해외에 있으며(있는 것처럼 보이고) 유행을 앞장서 끌고 가는(결코 끌려 다니지는 않을 것 같은) 사람들처럼 보였다.

개인만이 아니라 다양한 업종 역시 그런 느낌이었다. 화려하고 감각적이었다. 볼 때마다 그들의 분위기와 비교되는 내 가게의 소박함에 의욕을 상실하기도 하고 그들의 사진 때문에 갑자기 초라해지는 내 그릇장을 돌아보기도 했다.

어찌 되었든 성격에 맞지도 않는 인스타그램에 입성한 나는 요리와 홍차를 찍어 올리면서 '내 요리 멋지지?내 테이블 세팅 근사하지?' 오히려 초라함만 더욱 부각할 자화자찬만은 도저히 못하겠어서 멀쩡한 사진만 조용히 올리고 있었다. 그 결과 시간이 흘러도 가게의 존재감은 달빛 아래 그림자처럼 보일 듯 말 듯

했고 사람들은 불란서 다방의 불자도 보지 못한 채 인스타그램의 시계는 쨍깍쨍깍 가고 있었다.

그러던 어느 날, 무기력해 보이는 나와는 달리 멀쩡해 보이는 우리 가게를 안타까워하던 손님이 조심스럽게 말을 꺼냈다.

인스타그램은 해시태그를 잘 이용해야 해요. 지금 사장님처럼 시답잖은 농담에 해시태그를 붙일 것이 아니라 동탄 맛집, 동탄 최고, 동탄 핫플레이스, 동탄 거기 같은 말에 해시태그를 달아야 한다고요.

그 말을 듣는 순간, 이마에 동탄 멋진 미녀라는 말을 붙이고 속옷만 입은 채 뛰어다니는 나를 떠올렸다.

그런 말을 어떻게 내 손으로 써요? 남들이 해 줘도 남우세스러울 판에.

남들도 다 그렇게 써요. 그렇게 달아야 사람들의 검색에 그물 걸리듯 잡힌다니까요.

어우~ 저는 차마 그렇게 못 써요. 남이 써주면 모를까. 그러면 모른 척 넘어가겠지만.

그럼 동탄 맛집으로 알려지기는 힘들겠네요. 할 수 없죠.

시간이 흐르고 여전히 인스타그램의 포스팅 숫자는 늘었으되 손님은 늘지 않고 불란서 다방은 끝끝내 자화자찬 해시태그를 붙이지 못한 이유로 동탄 맛집이 되지 못했다는 슬픈 이야기가 전해져 내려온다.

16. 허풍선이 주인의 모험

어릴 때부터 가장 자신 있는 일을 꼽자면 공상이다.

틈 날 때마다 손톱을 물어뜯으면서 비스듬하게 누워 눈동자가 허공을 향해 천천히 움직이고 있는 걸 봤다면 틀림없이 영혼이 이미 우주로 떠난 후거나 자신이 등장하는 영화의 클라이맥스를 찍고 있던 참이었을 것이다.

그런 공상에 빠져있던 어린아이에게 딱 어울리는 책이 있었으니 바로 〈허풍선이 남작의 모험〉이라는 책이었다.

기억하실라나. 세대가 다르면 모를 수도 있겠다.

그 남작에게는 허풍이라는 수사가 붙었지만 그 책을 다 읽고 나면 허풍은커녕 자신이 겪은 신나고 놀라운 사건들을 담담하게 풀어내려고 애쓴, 시대의 참다운 모험가이자 지식인이었다. 그런 사람에게 허풍선이라니.

게다가 허풍선이라는 말은 현대적인 감각으로 풀어쓰자면 사기꾼과 다를 바 없지 않은가. 남작이 그 표현을 들었다면 명예훼손으로 고소하고도 남았을 일이다.

그의 기상천외한 경험담은 어린 시절 내내 교과서처럼 읽고 또 읽어 문장의 토씨까지 외울 수 있는 상황이 된 어린이에게 꿈과 희망을 전해줘야 마땅했으나 현실은 누군가 본다면 두려움을 느낄 정도로 시도 때도 없이 남발하는 미소와 초점 없는 눈빛으로 떠나는 허황된 공상만이 남았을 뿐이다.

침소봉대하는 인간으로 오해를 받으며 등장하는 남작은 여행을 떠나는 내내 평범한 사람은 상상할 수 없는 멋진 광경을 만나고 즐기기까지 한다. 그중 가장 기억에 남아 성인이 된 이후까지 종종 꿈속에 등장하는 에피소드는 빵 나무에 빵이 주렁주렁 열린 섬에 대한 것이었다.

나무에는 갓 구운 빵들이 모락모락 김을 뿜어내며 나뭇가지마다 달려있다. 그 아래는 노랗고 단단한 돌덩이들이 있는데!놀라지 마시라! 달콤하고 고소한 치즈 덩어리다. 갓 구운 빵과 치즈 덩어리라니.

알프스 소녀 하이디가 절벽에 가까운 언덕 위의 헛간에서 자고 일어나자 무심한 듯 할아버지가 내어주는 빵과 치즈 덩어리 장면 이후로 가장 감명 깊은 조합이었다.

이전 내게 최고의 장면은 단연코 허클베리핀에 나오는 구운 달 걀을 빵에 발라먹는 에피소드였다. 그 당시 내 영혼을 사로잡았 던 장면이었기에 반드시 재현해 보겠다는 열정을 불태우며 계 란을 석유곤로 속에 투척했다가 폭발음과 함께 천장까지 날아 가 들러붙은 계란의 잔해로 인해 하나밖에 없는 귀한 고명딸임 에도 불구하고 그때만큼은 원수가 따로 없을 것만 같은 표정으 로 엄마는 내 등짝에 손바닥 자국을 남기고는 했다.

불란서 다방이라는, 다양한 컨셉 덕분에 오히려 정체불명이었 던 가게를 준비하면서 허풍선이 다시 말해 유쾌한 사고뭉치였던 남작과 그가 경험했던 많은 에피소드를 떠올렸다.

제과점도 흔하지 않던 시절에 갓 구운 빵이 주렁주렁 매달린 나무와 그 아래는 엄마가 수입 가게에서나 한 덩이 사 와서 한 조각씩 입에 넣어주던 치즈가 지천으로 깔려 있는 그 장면.

책을 통해 남들은 교훈을 얻었지만 나는 새로운 식재료의 맛 을 상상하고 그 과정을 재현해보고 싶은 욕망을 얻었다. 그렇게 어떤 책을 읽든 먹는 것에 대한 문장을 탐닉하고 식재료에 대 한 동경이 가득했던 어린이는 자라서 불란서 다방이라는 작은 가게를 열었다. 그리고 이미 지구가 촌이라는 이름을 하사 받으 며 좁아졌다고 강변하고는 있지만 사람들이 겁이 많아서 때로는 관심이 없어서 시도해보지 못했던 식재료들을 소개하고 싶다고 마음먹었다.

다양한 프로마주fromage 치즈, 버섯, 오일, 허브, 와인. 너무 많아서 고르기가 힘겨울 정도였다. 긴 시간 심사숙고 끝에 골라내 의욕적으로 구입한 제품들은 불과 한 달도 지나지 않아 치즈를 시작으로 유통기한이 임박해지기 시작했다.

생각과는 달리 사람들은 새로운 맛에 두려움을 느꼈고 그 반복되는 상황을 더 이상 견디지 못한 나는 치즈와 먹거리로 대대적인 시식행사를 열었으나 다들 음, 이런 맛이었군. 하는 신기해하는 표정을 짓고는 끝. 그게 다였다.

유통기한을 앞둔 남은 치즈와 말린 소시지 등속을 먹어치우기에 지친 나는 새로운 식재료 소개고 뭐고 올 스톱!

그 덕에 복부 비만이라는 절친을 만났고 동탄에 프랑스 바람을 불어넣겠다는 야심은 허풍으로 끝나고 말았다.

17. 내 한 번은 그럴 줄 알았지

일어나지 않는 일에 대해 고민하는 건 바보 같은 짓이다.

라고 말하지만 현실은 그렇지 않다는 걸 당신도 나도 알고 있다.

그럼에도 불구하고 내가 등장할 뿐 내 의지와는 상관없이 불가항력적으로 벌어지게 될 미래의 사건들에 대한 조바심이 생기는 건 어쩔 수 없는 일이다.

특히 가게 안이라는 제한적인 공간에서 벌어지는 모든 상황의 책임자는 나이므로.

그러던 바로 어제 오후.

언젠가는 일어나지 않겠나 하는 하나의 사건이 일어났다.

때는 바야흐로 토요일 오후.

좀처럼 손님이 없는 시간이다. 그렇다고 해서 평일에는 시장처럼 손님이 많은 것도 절대 아니다. 정확한 걸 좋아하는 사람들을 위해 솔직하게 고백하자면 늘 손님이 없지만 특히나 손님이 없는 주말 오후라는 거다.

가끔 가게를 찾던 손님이 따님과 차를 마시러 왔다.

우선 반가웠다. 혼자 가게를 지키기가 몸이 배배 꼬일 정도로 진력이 날 지경인 데다 오전부터 단 한 명의 손님도 없어서 계산대의 숫자가 0을 고수하고 있는 모습에 약간 짜증이 나려고 했기 때문이다.

오랜만에 만나 반가운 데다 0을 다른 숫자로 바꿔 줄 수 있는 능력자라니. 어찌 웃으며 응대하지 않을 수 있단 말인가.

딸과 친구 같은 그분은 홍차와 와인 한 잔을 주문하고는 간단하게 요기할 안주가 있냐고 물었다. 초기에 의욕만 앞서 프랑스 치즈를 잔뜩 사다 놓고 유통기한이 다가오는 순서대로 치즈를 먹어치우다가 체중계의 숫자가 바뀌어 가는 걸 생생히 목격하면서 치즈 입고를 때려치웠다.

참으로 죄송스럽게도 손님에게 드실 수 있는 안주류는 전혀 없다고 전했다.

손님은 약간 허탈한 표정을 짓더니 홍차와 물품을 전시해 놓은 매대로 가더니 통밀 비스킷을 하나 집어 와서 그걸 안주 대신 먹겠다고 했다.

냉장고에 안주라고 이름 붙여진 것만 없을 뿐 술과 먹으면 그게 뭐든지 안주가 되는 것이 아니던가. 그리하여 밋밋한 맛의 통

밀 비스킷을 도와 안주 역할을 할 만한 조력자들을 찾아내 접시
에 담았다.

연어 무스와 크림치즈, 콩포트compote.

이 세 가지라면 통밀 비스킷을 광야에서 기적을 행한 오병이어
로 만들고도 남을 것이다.

그 손님은 흡족해하는 듯한 표정으로 와인을 한 모금 마신 후
저 세 가지 중 하나가 얹힌 비스킷을 한 입 한 입 번갈아가며 호
로록, 바삭 소리를 내고 있었다.

바로 그때, 특이한 이름을 가진 손님이 들어왔다.

그는 가게 오픈부터 올 때마다 체중이 줄어드는 마법을 보여
주고 있었다. 오픈 즈음에 처음 만난 그는 꽤 살집이 있는 몸매
였으나 일주일에 한 번, 보름에 한 번 올 때마다 그야말로 깜짝
놀라게 만들었다. 전혀 다른 사람으로 변신하면서 나타났기 때
문이다.

반년이 지난 지금, 그는 원래 자기의 몸에서 초등학교 고학년
정도 되는 지방을 내보냈다고 전했다.

의지박약인 나는 그의 초지일관 체중감량에 대한 강력한 의
지에 혀를 내두르며 눈은 믿을 수 없는 환상이라도 본 듯 비벼
대고는 했다.

그는 예의 도톰하고 약간 기름진 목소리로 홍차를 주문했다.

내가 〈혼자 마시는 홍차〉라는 새로운 메뉴(가격이 절반이다. 혼자 오는 손님들이 한 티포트를 주문하고는 내게 술집주인에게 술 한 잔 권하듯 홍차를 권하는 바람에 카페인 과다 섭취가 빈번하여 자구책으로 만든 메뉴다) 대해 설명하자 나와 함께 마시기 위해 이 길을 걸어왔노라고 말하며 일언지하에 거절했다.

홍차를 준비하면서 마침 아일랜드 식탁 위에 있는 비알레티 모카포트에 대한 이야기로 대화가 이어지고 있었다. 그러자 저쪽 테이블에서 와인을 마시고 있던 손님이 대화에 건너왔다.(참고로 우리 가게는 좀 묘하고도 이상한 분위기가 있다. 각각 온 손님들이 합석을 하거나 전화번호를 따거나 와인을 돌리기도 한다. 왜 그런지는 나도 잘 모르겠다. 어떤 손님에 의하면 우리 가게에 오면 그런 짓(?)들이 대수롭지 않고 오히려 자연스럽게 느껴지는 이상한 기분이 든다는 것이다. 터가 이상한가?)

그 두 사람은 통성명을 하더니 곧바로 모카커피에 대한 심도 깊은 대화를 나누기 시작했고 서로의 지적 탐구에 대한 찬사를 보냈다.

그리고,

한 사람이 물었다. 전공이 뭐예요?

바로 그 순간, 뒤돌아서 설거지를 하던 나조차도 느낄 만큼 뒤쪽의 상황이 싸늘해지는 것을 느꼈다. 조금 과장해서 실내온도가 순식간에 쭈욱 내려가면서 살짝 등골에 한기가 흘렀다고 장담할 수 있다.

질문을 받은 상대방이 조용하고 낮은 목소리로 분명하고 단호하게 말했다. 전공이 없습니다. 대학을 나오지 않았습니다.

나는 '대학 따위'라는 생각을 가지고 있지만 그런 말이야 대학 나온 사람한테나 할 수 있는 말이고 가진 사람이 못 가진 사람에게 사실 가져보니 별 거 없더라 하는 어이없는 상황인지라 머릿속은 내가 이 공간의 주인으로서 체감온도를 올릴 수 있는 가장 좋은 방법을 떠올리려고 손으로는 설거지를 멈추지 않은 채 생각의 회로를 급가동 하기 시작했다. 머릿속에는 생각들이 쓰나미처럼 몰려왔다. 문제는 생활 쓰레기가 섞여 밀려오고 있었다.

평상시에는 잘만 돌아가던 잔머리 회로가 난데없이 닭의 오돌뼈 무침에 좋은 양념 레시피를 선보이더니 머릿속에는 잘 차려진 오돌뼈 무침이 짜잔 등장했다.

머리를 흔들어 생각을 비웠다.

이런 상황은 정공법으로 해결해야 한다. 괜히 사술을 쓰려다가 상황만 더 늪으로 빠질 수도 있다. 그래. 맞다. 그렇게 생각이 정리되었으니 일단 웃어야 한다. 웃음소리는 크지도 작지도 않게 적당한 톤으로. 높지도 낮지도 않게. 행여 듣는 사람이 오해를 살 만한 기분이 들지 않게. 따뜻하지만 너그러운 인상을 줄

만한 느낌의 과장되지 않은 웃음소리를 냈다.(그게 진짜 가능한 건지 모르겠다. 설거지를 하는 게 나을 지경이다) 하하하.

(웃음으로 분위기를 정리한 후 다음 단계는 자기 비하다) 전 대학을 나왔지만 어디 가서 나왔다고 할 수도 없어요. 하하하. 우리는 사년 내내 시험거부. 수업거부. 데모에 가끔 미팅. 하하하. 그리고 졸업했지요. 하하하. 대체 돈만 버리고 뭘 배웠나. 하하하.

아무도 웃지 않았다. 그 덕에 내 웃음은 점점 영혼 없이 반복되는 후렴구처럼 들렸고 그냥 얄리얄리 얄라셩 같은, 당신도 알고 나도 아는 익숙한 구절로 대신하는 게 더 낫지 않았을까 하는 생각이 잠시 들었다. 이미 얄리얄리 얄라셩을 외친들 분위기 반전은 물 건너갔고 실내온도는 올라가기는커녕 일 이도정도 더 내려갔는지 이미 서늘해진 등골은 냉동고에서 뛰쳐나온 바퀴벌레가 기어 들어간 것처럼 소름이 돋으면서 나야말로 가게 1킬로미터 밖으로 뛰쳐나가 달려가고 싶은 심정이 되었다.

등에는 식은땀이 흐르면서 얼굴은 만취한 사람처럼 벌겋게 달아오르는 기이한 경험과 함께 그날의 오후가 삐질삐질 식은땀과 함께 사라져 갔다.

토요일 오후의 교훈. 아무에게나 전공을 묻지 말자. 또 하나. 웃기려고 하지 말자. 제발.

18. 기분이 우울하시다면 쉐킷 쉐킷

참 사람 만나는 일 힘들다.

그래서 많은 사람들이 나이 들수록 새로운 인연에 질색을 하고 가지고 있는 인연조차도 정리하는 건가 싶다.

나이 먹는다고 마음이 단단해지는 것도 아니다.

오히려 단단해져야 한다는 생각 때문에 다칠 수도 있는 마음을 드러내지 못하는 걸 게다.

주위에 이상한 사람이 한 명 정도라면 그냥저냥 담담하게 지낼 수 있지만 한 명 두 명 늘어나면 혹시 내가 이상한 사람은 아닐까. 하는 자기 의심의 단계로 넘어가 버린다. 내가 이상한 걸까. 어느덧 좀처럼 해석하기 힘든 태도를 보이는 사람이 소수에서 다수로 늘어났다.

첫 번째 이상한 사람의 출현에는 만 명 중에 한 명 그런 사람도 있겠거니 하며 그다지 신경 쓰지 않았다. 누구나 살면서 한 번쯤은 만날 수 있는 확률이니까.

그러다 약간 다른 양상의 이상한 사람이 두 번째로 나타나면 당황하기 시작한다. 대중 속에 있는 특별한 소수를 너무 많이 경험하는 것인가. 그렇지만 하루 이틀 마음을 좀 쓰고 나면 그도 그럴 수 있다는 생각이 들기 시작한다.

그럴 수도 있지. 하지만 세 번, 네 번 반복되면 좌절하게 된다.

우연이 잦으면 그건 더 이상 우연이라고 볼 수 없지.

이 정도라면 내게 문제가 있다고 봐야 하는 게 아닌가.

자기반성과 참회의 긴 시간을 가져보지만 대체 뭐가 문제인지조차 모를 때의 답답함은 가슴을 꽉 막히게 한 후 식욕이 뚝 떨어지게 만든다.

입맛이 사라진 이 시점을 잘 이용해서 다이어트라는 일생 최대의 목적을 이룰 수도 있겠지만 혀는 달콤한 맛을 강력하게 요구하는 신호를 뇌에 보낸다.

우울함을 날려줄 달콤한 그 무언가를 먹어라.

그리하여 냉장고를 열어 계란과 설탕, 생크림, 우유, 버터, 코코넛 오일, 유기농 통밀, 바닐라 에센스, 럼주를 주섬주섬 꺼낸다.

큰 볼에 계란을 세 개를 깨어 넣는다.

부족해. 내 기분을 바꾸기에는. 하나를 더.

전동 블렌더도 있지만 기분전환이 목적이기에 성긴 거품기를 꺼내어 쉐킷 쉐킷.

설탕, 생크림, 우유를 넣고 계란의 비린내를 잡기 위해 럼주와 바닐라 에센스를 조금. 버터와 코코넛 오일을 일대일로. 마지막으로 통밀을 실제 양보다 조금 적게 넣어 부드럽게 섞어준다.

잠깐, 틀에서 고민을 한다. 어떤 틀이 좋을까. 단순하지만 심심하지는 않은 구겔 호프 팬이 좋을까. 화려하지만 유려한 선의 번트 틀이 좋을까. 복잡할 때는 단순하게. 그저 둥글기만 한 원형 팬을 꺼내어 반죽을 담는다.

미리 200도로 맞춰 달궈 놓은 오븐 안에 반죽이 담긴 팬을 넣는다.

빵이 맛있게 익기를.

다만 내 온갖 잡념만은 오븐 안의 열기에 오버쿡overcook 되어 마지막에는 재로 변하기를.

이런저런 상념들이 오븐 안의 구워지고 있는 정체불명의 빵에 대한 생각으로 대체되면서 40여분은 훌쩍 흘러가 버린다.

오븐을 들여다보지 않아도 코가 먼저 안다.

대충 쉐킷 쉐킷 되어 담긴 반죽이 달콤한 그 무언가로 변해 있음을.

이제, 달콤함으로 즐거워질 시간이다.

사랑은 또 다른 사랑이, 사람은 또 다른 사람이 상처를 치유
해줄 거라는 믿음은 틀렸다. 상처는 자신만이 치유할 수 있다.
다만 시간과 달콤함이 필요할 뿐이다.

19. 웃기는 집이야

나는 불란서 다방이 불란서 다방이라는 공식적인 이름 말고도 애칭으로 불렸으면 좋겠다. 물론 불란서 다방이라는 이름조차도 알려지지 않은 터에 애칭이라니 욕심이 과하다는 생각이 들기도 하지만 뭐, 바람이라는 게 상황 봐가면서 할 수 있는 것만은 아니니 너그럽게 이해를 바랄 뿐.

애칭은 별 거 아니다. 그저 웃기는 집이라고 불러줬으면 좋겠다.

본래 성정이 진지하지 못하고 자칫 무거운 분위기가 될라치면 도망부터 시도하는 비겁한 면이 있는 터라 살아오는 내내 '유머가 세상을 구한다'라는 나름 진지한 세계관을 가지고 살아가는 사람이다.

유머 앞에서는 그 어떤 것도 힘을 잃고 시답잖게 느껴질 때가 많다.

그런 성향이 정신과적으로 분석해보자면 뭔가 그럴듯한 이름이 있을 텐데 진지하게 전문가와 상담을 통해 병명을 하사 받지 못하였기에 그저 진지함으로부터 도망 다니는 비겁한 성격 정도로 간단히 설명하고 있다.

한마디로 복잡한 거 딱 싫어하는, 무거움이 지속되는 걸 견디기 힘들어하는 그런 성격. 그런 성향 때문에 일상이 농담으로 최적화되어 있을 뿐이다.

세상을 구하는 한 알의 알약 같은 유머와 그런 유머를 사랑하는 사람으로서 뭔가 심각한 상황을 맞아 그 상황의 묵직하고 두터운 침묵과 공기를 견디지 못해 상황 전환을 위한 농담을 구사하다가 오히려 사태가 걷잡을 수 없이 치닫는 경우도 있었다. 그럴 때면 농담이 세상을 구하기는커녕 도망만이 나를 구해냈다.

그 자리에서 분위기를 다시 전환시키겠다는 의지로 농담을 더 이상 구사하는 건 최소한 절연을 불사하는 일이었다. 그런 유머 초급자의 몇 번의 뼈아픈 경험을 통해 농담도 농담 나름, 상대방 나름, 상황 나름이라는 골든 룰을 찾아냈다.

우리 가게 혼자 오는 손님들은 자연스럽게 바에 앉는다.

간혹 바에 앉기 위해 혼자 오는 손님들도 있다.

이상하게도 바에 앉으면 속에 있는 이야기가 술술 나온다고 고백한다.

나는 마주 앉아 있을 때도 있지만 대부분은 일을 하고 있다.

티 푸드로 쓰일 빵 반죽을 하고 있기도 하고 홍차를 우리기도 하고 요리를 하기도 한다. 누구든 바에 앉은 사람은 듣는 둥 마는 둥 하는 나를 바라보며 이런저런 이야기를 한다. 내 추측인데 청자로서의 나의 불성실한 자세가 그들로 하여금 마음속에 있는 이야기가 자연스럽게 나오도록 실마리 끄트머리를 살살 잡아채는 건 아닐까 싶기도 하다.

저렇게 자기 일에 바쁜 사람에게는 친구 집에서 다이아를 훔쳤다고 고백을 한들 한 손으로 거품기를 내저으며 무덤덤하게 오~ 다이아라니. 부럽다. 같은 반응이나 나올 것임에 분명하기 때문이다.

하지만 다들 오해하고 있다.

내가 굉장히 바쁜 척 하지만 그건 청자로서의 트릭이다. 당신의 입에서 나온 조사까지도 다 기억하고 있다. 당신의 마음이 어디로 향하고 있는지, 누구 때문에 상처를 받았는지 A부터 Z까지 모조리 기억하고 있다. 아로새겨져 있다.라고 고백하고 싶지만 사실은 이렇다.

　손님이 한 시간이고 두 시간이고 바에 앉아 한 이야기는 손님이 바를 떠나는 순간, 정말 접속사와 감탄사만 남고 나머지는 연기처럼 사라지는 선택적 기억 장애가 일어난다. 나조차도 어리둥절할 만큼 기억이 나지 않는다.

　분명히 손님이 이야기를 하다가 눈물까지 그렁그렁한 상황이었고 그에게 유기농 무표백 냅킨을 건네주면서 아~ 다 지워버려요. 그런 일로 울면 너무 억울해. 상처 준 사람은 기억도 못할걸?이라는 진심의 위로를 전했음에도 손님이 왜 눈시울이 시큰해졌었는지 기억조차 나지 않는 건 문제라면 큰 문제였다.

　기억력 장애라고 하기에는 너무나 선택적이라 딱히 규정하기도 어려운 증세였다.

　물론 전문가의 진단을 받으면 멋진 영어로 된 병명을 하사 받을 수 있겠지만 월세 벌기에도 급급한 주인이 누리기에는 사치스러운 삶의 서비스였다.

　그저 바 안쪽에서 제 할 일 하면서 손님이 하는 이야기의 구절마다(그 시점에는 분명 진심을 담아) 하나마나하고 뻔한 맞장구를 쳐주는 것이 전부인데도 손님들이 느끼는 바로는 나의 대응이 잔잔하고 때로는 시원하며 생각지도 못하게 웃긴다고 한다.

　'유머가 세상을 구한다'는 세계관, 인간관, 삶의 모토, 인생의 지혜는 물론 바 안쪽에서 바쁠 때조차도 나를 한 걸음도 벗어나지 않은 채 손님들의 이야기에 맞장구를 치다가 결국은 상대의 웃음을 끌어내야 비로소 오늘, 장사는 제대로 했군. 하는 만족감이 들게 만들었다.

 하지만 그 정도가 지나쳐 손님을 웃겨야 한다는 생각이 강박 증세로까지 이어질 때도 많았다. 손님이 웃으면 오늘 일당 끝, 하는 만족감이, 손님이 우울한 채로 떠나면 오늘, 문 닫고 술이나 마시자 하는 자괴감이 들었다.

 그리하여 손님은 훌쩍훌쩍 울면 나는 쿨럭쿨럭 웃긴다.

 손님은 속마음을 말하고 나는 열심히 딴짓을 한다.

 손님은 열어놓은 와인을 마시고 나는 깊은 숨을 들이마신다.

 결국 손님은 그래, 내 한 번 웃어주마. 하며 미소를 하사하시고는 바를 떠난다.

 오늘, 문 연 보람이 있네. 문 닫고 지공다스gigondas를 따야겠다.

 오늘도 웃겼으니 내게 주는 선물이다.

20. 킹스맨

손님들이 대부분 내 나이 전후의 여성들이다.

가끔 모이면 위아 더 월드 분위기가 되어 어떤 주제에 대해 이 테이블, 저 테이블 국경 없이 열띤 토론이 벌어지고는 한다.

어느 늦은 오후, 본래의 동행과의 대화가 지루해진 작은 테이블의 손님들은 우드 슬랩 테이블에 앉아 있는 손님들의 대화에 귀를 기울이기 시작했다.

다른 시각으로 바라보자. 작은 테이블에 있던 손님들의 대화가 순간 멈칫했을 때 그때 마침 우드 슬랩에 있던 손님들의 대화가 공간을 가득 메웠다.

흥미로웠지만 진지하지 않았고 종교와 정치 이야기만 아니면 말끝에 멱살 잡을 일도 없는 시시콜콜할 이야기였다. 누구라도 슬쩍 들이댔다가 얼렁뚱땅 빠져나와도 흔적도 남지 않을 이야기. 바야흐로 중년 여성의 이상형.

이번 생은 이미 실패한 걸로 결론을 낸 채 '사실 나는 이런 남자가 이상형이었어. 현실은 돌이킬 수 없지만' 이게 바로 그 대화에 참여하는 사람의 겸손한 자세였고 모토였고 고백이었다.

혹시라도 이런 대화의 장에 '사실, 난 남편이 내 이상형이야'라는 망언이라도 내뱉는 상황이 닥친다면 정치나 종교에 대한 이야기가 아님에도 사실상 사회적 매장과 더불어 극히 미미한 수준의 왕따라는 형벌에 처해질 수도 있었다. 게다가 눈치코치 없는, 공감능력 제로의 인물이라는 꼬리표를 뒤통수에 달고 다녀야 할 팔자였다

화두가 화두이니만큼 갑자기 가게 안의 분위기가 뜨거워졌다.

어떤 연예인이 이상형이라고 수줍게 고백하던 손님이 또 다른 손님이 같은 인물을 지목하자 수줍음을 집어던지고 불꽃같은 경쟁의식을 느끼기 시작했다. 그렇게 언급된 연예인은 자기 의사와는 전혀 상관도 없이 경기도 한 구석의 다방에서 벌어지는 질투와 암투의 희생양이 되어가고 있었다.

수건 돌리기 방식의 이상형 고백하기 게임은 돌고 돌아 분위기가 뜨겁다 못해 뛰쳐나가고 싶은 열기를 만들면서 클라이맥스를 향해 달려갈 즈음, 손님들끼리의 이상형을 대충 파악하고 암투도 대충 정리된 마당에 모두의 눈초리는 나를 향했다.

사장님은 누구? 난 모른 척하고 오븐을 닦는 척했다. 말려들지 않겠다는 의지를 불태우며. 나까지 참전한다면 열기는 최소 화상 3도를 일으킬 수도 있었다.

제법 친한 몇몇이 평소에 안 닦는 오븐 닦는 척하지 말라며 정곡을 찔렀다.

'나쁜 사람들' 도망갈 곳이 고작 바 너머 바닥이었던 나는 쪼그리고 앉아있다 말고 서서히 일어나 자포자기 심정으로 한 사람의 이름을 잘근잘근 씹듯이 내뱉었다.

조… 세… 호.

다들 일이 초 정도 멈칫하더니 그야말로 가게가 터져나갈 듯 웃어댔다.

'나 참, 이럴 줄 알았다. 왜 물어봐?'

왜!왜?왜!왜?왜!왜?왜!왜?왜!왜?왜!왜?

거의 동시에 가게 안에 앉아 있던 사람들의 입에서 물음표가 튀어나왔다.

수트발이 좋아서. 난 수트 잘 입는 사람이 좋아요.

이번에는 마침표를 찍기도 전에 웃음이 터져 나왔다.

수트발은 강동원이, 소지섭이, 조인성이, 하정우가 나은데!!! 각각의 입에서는 다 다른 이름이 쏟아져 나왔으나 같은 서술어로 문장을 만들어냈다.

각각의 연예인들이 에르메네질도 제냐의 수트를 입고 가게 한 가운데 무대로 캣워크를 하며 등장했다가 사라졌다. 마지막에는 조세호가 등장했는데 누가 봐도 부적절한 비교였다. 부도덕했다. 손님들의 웃음소리에 조세호는 되돌아 들어가 버렸다.

당장이라도 조세호를 직접 찾아가 사과를 거듭하며 술이라도 사야할 것 같았다. 괜히 나 때문에 길이, 부피, 핏 까지 거의 정밀 분석당하고 있었다.

아무튼 손님들의 웃음소리로 판단하자면 당분간 한 달여 가게 문을 열지 않아도 될 만큼 요 근래 최고의 웃음지수였으나 내 취향을 평가절하하는 웃음이라 기쁘지 않았다.

아! 거기서 끝을 맺었어야 했는데.

나는 조세호에 대한 미안함과 어서 빨리 그를 이들의 웃음의 폭풍 속에서 건져내어 가게로부터 멀리 내보내려는 심산으로 해외배우로 화제를 돌렸다.

손님들은 눈을 반짝이며 새로운 화제에 반색을 했다. 머릿속은 수많은 배우를 헤아리느라 눈동자가 흔들렸다.

이번에는 내가 선수를 치리라. 제레미 아이언스, 콜린 퍼스의 이름을 외쳤다.

그러자 조세호라는 주문에 미처 마법이 풀리지 않은 손님들은 한국의 이상형과 외국의 이상형의 간극이 우주만큼이나 멀다는 사실을 지적하며 이유를 물었다. 간극은 무슨 간극. 그냥 수트발이라고 했다.

사람들은 이해하지 못하겠다는 표정으로 자신이 그동안 짝사랑해 온 자의 이름을 읊었다. 그들은 강동원이나 소지섭처럼 영문도 모른 채 극동의 수도 근처의 작은 도시에 있는 불란서 다방으로 소환되어 여기저기 돌아다니고 있었다.

꽤 많은 손님들이 콜린 퍼스를 지목했고 그의 수트발에 경의를 표했다.

우리나라 배우가 이상형으로 겹쳤을 때 왕의 후궁들처럼 말도 안 되는 경쟁심을 보이던 손님들은 외국 배우를 동시에 여럿이 지목했음에도 마치 어차피 말도 안 통해서 갖기도 힘들 테니 너나 가져라 하는 듯 국내 배우의 경우와는 전혀 다른 아량을 베풀고 있었다.

아무튼 이야기는 오후 내내 돌고 돌았다.

배우들은 가게 안을 가득 채웠다가 사라졌다.

사실 이 말을 하려고 시작한 이야기다.

콜린 퍼스와 조세호는 수트발이 좋다.

수트는 킹스맨이다.

킹스맨에는 명문이 나온다.

매너가 사람을 만든다.

(참으로 괴상한 사단논법이 아닐 수 없다)

조세호, 콜린퍼스, 강동원, 소지섭 등등 그 날의 화제에 오른 분들께 심심한 죄송함을 금할 수 없다. 특히나 시작과 끝과 중간의 이야기가 아무 연관이 없는 무뜬금의 글을 읽어내신 독자들, 눈물로 엎어져 사죄드립니다.

21. 바꾸고 지키고

무슨 일을 시작하면서 끝을 상상하는 건 정말 이상한 일일까.

그런 사람이 흔치는 않지만 분명히 있겠지. 마치 나처럼.

책을 읽어도 초반의 사건 전개를 보고 나면 결말이 궁금해서 뒷부분을 먼저 읽는 사람. 노래의 마무리가 궁금해서 빨리 돌려 뒤를 들어보는 사람. 드라마의 엔딩이 너무 궁금해서 기다렸다가 최종회가 나온 후에야 시작하는 사람.

이런 성향을 가진 사람은 정신과적으로 어떻게 부를 수 있을까.

나는 그런 성향의 부류 중 한 사람이다.

일상에서도 그러한데 불란서 다방이라고 다를까.

문을 열면서 마지막 날 문을 닫는 걸 상상했다.

다양한 메뉴와 멋진 테이블 세팅의 마지막 파티를 떠올리면 순간순간이 즐거웠다.

불란서 다방은 일생이라는 그래프가 있다면 삶이라는 선을 길게 쭈욱 그리다 중간을 조금 지난 지점에서 포물선을 그리게 만든 사건이 될 것이다.

인생의 모멘텀.

나를 이루고 있던 거의 모든 부분들이 조금씩 자리를 바꾸거나 멀어져 갔다. 특히 사람들이 그러했다. 시간이 지나면서 가게의 피날레를 준비하는 파티에 등장하는 얼굴들이 새로운 얼굴로 바뀌고 있었다.

불과 몇 개월 전이라면 전혀 알지 못했던 얼굴들. 십 년을 넘게 사는 곳에서도 마주치지 못했던 사람들. 행여 지나치다 어깨를 슬쩍 스친 적도 없던 사람들. 그런 낯설고 생소하지만 마치 오래전부터 알고 있던 것 같은, 마치 이 사람들을 만나기 위해 가게를 연 것은 아닐까 싶을 정도로 운명적인 기분이 들 때도 많았다.

오래전부터 내 상상 속에서 열린 파티에 초대받은 많은 얼굴이 새로운 인연으로 대신했지만 특별히 서글프거나 아쉽지는 않았다.

새로운 인연은 새롭다는 이유로 더 신선했고 더 조심스러웠고 충분히 즐거웠다.

불란서 다방의 마지막 파티가 언제가 될지 모르겠지만 지금 떠올리는 사람들 중 몇몇은 또다시 안갯속으로 사라질 것이고 그 자리를 새로운 얼굴이 채울 수도 있겠지.

그런 상실과 낯섦이 두렵거나 실망스럽지 않다. 그저 담담하게 받아들이는 여유가 생겼다. 불란서 다방을 한 가장 큰 소득이 사실은 이 점이 아닐까 하는 생각이 든다.

인생은 그렇더라고.

바뀌고 지키고 하더라고.

22. 얼떨결에 다시다

해가 점점 짧아지고 있었다.

밤의 시간이 점점 늘어지고 있다는 뜻이었다.

가게 오픈 초반의 긴장감이 어느 정도 익숙해지자 서서히 본래의 기상, 취침 습관으로 되돌아가려는 낌새가 보였다. 마치 고무줄처럼 잡아당기는 느낌이 없다가 갑자기 팽팽해지는 것처럼 아무런 예고도 없이 몸이 그쪽으로 쭉 당겨졌다.

그런 변화는 가게의 운영에도 자그마한 변화를 가져오게 되는데 바로 저녁 식사 예약을 받을 수가 없다는 점이었다. 자세히 고백하자면 저녁 식사뿐만이 아니라 저녁 와인, 저녁 티, 저녁과 관계된 그 모든 영업을 할 수가 없었다.

마치 오후 5시 즈음부터는 마리오네트의 줄 끊긴 인형처럼 모

든 근육에 힘이 빠져서는 손님은커녕 집까지 거의 구부정한 자
세로 기어가야 했다.

 모처럼 휴일이라 집에서 뒹굴거리며 나태함이 주는 달콤함에
몸서리를 치며 만끽하고 있던 일요일 오후. 딩동. 메시지가 왔
다.
 쌤. 화요일 저녁 여섯 명 예약하고 싶어요. 지난달 티 클래스
회원이었다.
 선생님, 오랜만입니다. 그런데 제가 요즘 초저녁 잠이 많아져
서 저녁 손님을 못 받고 있어요.
 네. 알겠어요. 그런데 일행 중 독일과 이탈리아 분이 계세요.
 네? 그렇다면 더더욱 안 될 말씀입니다. 제가 맛집을 소개해
드리죠.
 아니에요. 이미 다 이야기했어요. 엄청 맛있는 유럽의 가정식
집이라고. (이건 통보며 과장이며 잘못된 정보였다)
 선생님, 여기는 프랑스 가정식이고요. 엄밀하게 말하자면 그냥
티룸인 거 아시잖아요.
 네, 그러면 화요일에 뵙죠. 쌤만 믿어요.

 대화를 가장한 일생 최대의 미션을 던져주고 그분은 많은 스팸

메시지 사이로 유유히 사라졌다.

'어쩌지. 무슨 요리를 해야 하나. 독일인과 이탈리아인이 한 번도 먹어 보지 못한 외국의 가정식으로 긴가민가한 상황을 이끌어내는 방법이 없을까.'

손가락은 뇌의 지령을 받지 않고도 검색 창에 세상에서 가장 작은 나라들 중 나우루NAURU라는 아름다운 섬나라를 입력하고 그들의 요리를 찾아 눌렀다. 섬이라는 지역적 특수성 때문에 이미지에서 보여주는 요리는 죄다 해산물이었고 게다가 자본주의의 폐해로 인한 비극적인 서사 때문만은 결코 아니겠지만 요리를 즐기는 거의 모든 인물들이 훌러덩 벗고 있었다.

나우루는 패션으로도 식재료로도 불가능한 나라였다.

고민 끝에 결정했다.

정공법이다.

정직한 고백이랄까.

독일인을 위해서는 독일 접경 지역인 알자스 지방의 슈크르트choucroute를, 파스타의 나라 이탈리아인을 위해서는 프랑스식 라자뉴lasagne를 하기로 결정했다.

내 입으로 이런 말하기는 뭐 하지만 이런 결정은 대단한 용기거나 단단히 미치거나 둘 중 하나였다.

그것은 마치 한국에서 몇 년 살다 고국으로 돌아온 마이콜이 한국에서 그것도 전주에서 온 영희에게 비빔밥을, 평양에서 온 철수에게 물냉면을 파는 격이었다.

구경꾼들은 재미있어라 했고 나는 짐짓 담담하고 태연한 척했지만, 나도 나 자신에게 깜빡 속아 그런 줄만 알았다.

아무튼 휴무날인데도 불구하고 일요일 저녁에 가게로 나갔다. 슈크루트를 하기 위해서는 양배추를 잘게 채 썰어 이틀 이상 삭혀야 했기 때문이다. 냉장고는 다행스럽게도 유기농 양배추 한 통이 들어있었다. 오꼬노미야키를 위해 구입했던 일본 채칼로 한 통을 썰어내면서 혼자 중얼거렸다. '내가 미쳤지. 이게 뭐 하는 짓이야.'

소금물과 약간의 코코넛 식초, 통후추를 넣어 양배추가 푹 잠기게 통에 넣고는 제일 따뜻한 장소에 놓았다. 이틀 뒤면 맛있는 삭힌 양배추가 되어 있을 거였다. '너만 믿는다.'

슈크루트의 감자는 통감자를 써야 맞지만 통감자를 쪘을 때 식으면 질퍽해지거나 딱딱해지는 탓에 메쉬드 포테이토를 좀 뻑뻑하게 만들어 아이스크림 스쿱으로 떠 놓기로 했다.

라자뉴는 거의 매일 하는 요리라 신경을 덜 쓸 수 있어 다행이었다. 그리하여 총 메뉴는 슈크루트 2인분, 라자뉴 2인분, 갈레뜨 꽁쁠레뜨galette complette 2인분으로 결정했다.

독일과 이탈리아와 전형적인 프랑스 스타일이 공평하게 삼국을 이루는 푸드 코디네이션이 될 예정이었다. 게다가 3이라는 숫자가 주는 절묘한 균형감과 각각의 대립되는 2라는 숫자가 아주 맘에 들었다. 그렇게라도 의미를 부여하고 심신의 안정감을 찾아야 불안함으로부터 좀 벗어날 수 있을 것만 같았다.

드디어 화요일.

그날따라 많은 손님들이 오고 갔다. 자리가 없어서 바에 있는 자리까지 찼다. 가는 날이 장날이라더니 메뉴 준비 한 시간 전, 물 한 그릇 떠 놓고 정성껏 기도라도 올리려는 계획은 무산되고 티푸드 접시와 티포트, 티컵 설거지에 정신이 하나도 없었다.

게다가 티 클래스 두 명이 펼치는 '갱년기 회복 프로젝트' 때문에 손님들이 부엌 안 쪽에서 옷을 갈아입고 패션쇼를 하면서 떨구는 잡동사니들에 다리가 걸려 자빠질 뻔하면서 점점 신경은 한 올 한 올 뻣뻣하게 서는 느낌이었다.

'잠깐 모두 그만!' 외치고 싶은 마음을 온 힘으로 누르며 설거지와 음식 준비를 동시에 해나갔다. 예약시간이 다가오면서 그 식사 사건을 눈으로 확인하고 싶어 하는 몇 손님과 이벤트 중인 두 명만이 남았다. 가게는 조용해졌고 비로소 요리에 집중할 수 있었다.

납작하고 넓은 냄비에 올리브유를 넣고 베이컨을 볶다가 물기를 뺀 새콤하고 아삭하게 절여진 양배추를 넣어 뜨거운 불에 슬쩍 볶았다. 거기에 화이트 와인을 한 컵 넣었다. 와인의 달달한 향이 훅 끼쳐 올라왔다. 거기에 허브와 소금, 월계수 잎, 후추를 넣고 소시지, 햄, 베이컨을 얹어 뚜껑을 덮었다. 와인의 향과 맛이 허브와 함께 샤퀴테리charcuterie 프랑스 육가공품에 달콤하게 배일 것이다.

그리고는 라자뉴를 만들기 시작했다. 육 개월이 넘도록 라자뉴를 만든 이력의 장점이 발휘되었다. 손은 알아서 라자뉴 2인분을 만들고 있었고 머리로는 다른 메뉴와 어떤 순서로 세팅하고 서빙할지 동선을 짜고 있었다.

시간은 순식간에 가 버렸고 손님은 하나 둘 입장했다.

가게의 집 같은 분위기에 의례적인 칭찬을 했고 포도주를 두 병 선보인 뒤 프랑스 보르도 와인을 선택한 그 날의 호스티스에게 첫 잔을 따르고 그의 만족스러운 끄덕임을 확인한 후 부엌으로 돌아왔다.

일단 손님과의 시작은 성공. 서둘러 불란서 다방 샐러드와 따끈하게 구워진 바게트를 냈다.

음식을 준비하며 슬쩍슬쩍 그들의 얼굴에서 표정을 읽으려고 고개를 자주 돌렸다. 대화에 집중하느라 음식에 대한 평은 가끔씩 음~ 오~ 하는 감탄사로 해석할 뿐이었다.

그리고 드디어! 본 메뉴인 슈크르트와 라자뉴와 갈레뜨 꽁쁠레뜨를 냈다.

슈크르트를 낼 때 독일인의 입에서는 감탄사가 나왔다. 기대하지 않았던 요리였을 테니까 그럴 만도 하다. 타국에서 만난 김치찌개 같을 것이다. 맛은 둘째다. 감동이 먼저다.

그리고 라자뉴. 그러자 이탈리아인의 입에서 오~

마지막 메뉴까지 가지고 간 김에 당신을 위한 슈크르트, 또 당신을 위한 라자뉴, 나머지 분들을 위한 프랑스의 메뉴라며 짧은 설명을 했다.

한국 손님들은 호기심 어린 표정으로, 독일인과 이탈리아인 역시 호기심과 반가움이 섞인 표정으로 식사를 시작했다.

그들의 표정을 계속 관찰하고 싶었으나 손님들은 연이어 들고 났다. 그들에게 신경을 쓸 새가 없이 디저트를 내어야 하는 시점이 되었다.

디저트를 내기 전 테이블 위의 접시들을 치우면서 손님들의 반응을 살폈다. 조바심이 났지만 짐짓 담담한 척 식사는 마음에 드셨는지 물었다.

통역을 담당하는 분이 말했다. 고향의 맛이라고 고맙다고 하셨어요. 고맙습니다. 그러자 독일과 이탈리아 두 사람은 각자의 말로 뭔가 음식에 대한 내용으로 추정되는 말을 하기 시작했다. 내가 그저 미소만 짓자 정직한 발음의 영어로 말하기 시작했다.

　고맙다고. 너무 맛있었다고. 고향이 생각났다고. 다시 오고 싶다고 했다.

　고향의 맛이라니. 갑자기 내가 그분의 할머니가 된 듯 마냥 기쁘지만은 않은 기분이었다. 고향의 맛은 생각조차 못했다. 그저 외국인이 만들어내는 고향의 비스무리한 음식에 대한 긍정적이고 호의적인 평가라면 최고의 상찬이라고 생각했을 뿐.

　그런데 '고향의 맛이라니. 다시다라니.' 김혜자 님의 미소가 떠오르며 내가 어울리지도 않는 빈티지 원피스를 입고 접시를 오른쪽에 든 채 미소를 짓는 모습이 떠올랐다. 머리를 세차게 흔들어 상상을 날려버렸다.

　디저트 메뉴까지 모두 서빙이 되고 이탈리아어, 독일어, 영어, 한국어가 가게를 가득 메우다가 서서히 증발되면서 손님들은 주섬주섬 짐을 챙겼다.

　독일 손님은 다시 감사함을 표했다. 그런 상황에 프랑스 사람이었다면 벌써 비주bisou 볼뽀뽀 프랑스식 인사를 열 번도 넘게 했겠지만 그는 독일인답게 무뚝뚝한 말투로 감사의 말을 반복해서 전하고 있었다. 문 앞으로 걸어가면서까지 계속되는 바람에 독일인이 이렇게 수다스러웠나, 혹시 독일 말을 쓰는 다른 국적이 아닐까 고민하는 사이 그는 각 나라 말로 안녕이라는 인사를 하고 있었다. 나도 분위기상 몇 나라 말로 인사를 해주고 있었는데 그

끝날 듯 끝나지 않는 이별 의식이 슬슬 지겨워지기 시작했다.

그런 표정이 읽혔는지 그는 몸을 돌려 공원 쪽으로 일행들과 웃음소리를 남기며 걸어갔다.

다 끝났다.

고개를 돌리자 긴 우드 슬랩 테이블 위에는 설거지가 가득했다. 드디어 거사를 치러낸 다행스러움과 스스로에 대한 대견함과 손님들 반응에 대한 만족감으로 다리가 살짝 풀렸다. 설거지고 뭐고 일단 잔에 와인을 가득 따라 소파에 눕다시피 털썩 널브러졌다.

잔을 들어 큰 소리로 나를 향해 외쳤다.

썽떼! santé! 건강! 프랑스식 건배사

술 마시는데 하는 말 치고는 이율배반적이지 않아?

23. 영세 요식업 주인의 직업병

가게를 연지 10개월여.

체형의 변화가 생겼다.

얼굴의 볼살이 더 빠지는 바람에 보는 사람마다 가게가 너무 힘든가 보다 또는 손님이 너무 많은가 보다 하는 걱정을 하기 시작했다. 원래 얼굴에 살이 없는 편이었지만 가게를 연 뒤에는 좀 심하다 싶을 정도로 볼이 홀쭉해지는 바람에 광대의 뼈와 턱 뼈가 상대적으로 돌출되어 보였다. 매일 아침 화장을 하거나 거울을 볼 때마다 초췌해지는 얼굴 때문에 스트레스가 이만저만이 아니었다.

그에 반해 십 오평 안에서의 짧은 동선과 요리나 설거지를 위한 상체의 움직임이 전부인 활동량, 매일 저녁마다 퇴근 후 반복되는 폭식과 과음은 복부를 임신 초기로 보일 만큼 튀어나오 게 만들고 있었다.

주로 펑퍼짐한 앞치마를 하고 아일랜드 식탁 뒤에 서 있는 터 라 손님들의 눈에는 피골이 상접해 보이는 얼굴만 보였고 손님 들은 믿기지는 않지만 가게의 성황을 축하하면서 건강을 염려 하는 오해를 했다.

그럴 때마다 실은 얼굴 살이 빠지기는 했으나 반대로 배는 계 속 나오고 있는 중이라 변명을 해보지만 손님들은 죽는 소리 말 라며 타박을 했다.

'진정 배를 보여줘야 믿을 텐가.'

시간이 지나면서 나만의 가게 후유증이랄까. 직업병이랄까. 하 는 이 신체상의 변화에 대한 진단을 내리게 되었다.

그래서 휴일이었던, 휴일이 아니었어도 폭식과 과음의 향연 이 벌어지고 있던 여느 날과 같은 그날, 이미 막걸리와 추석 때 공수해 온 전으로(에어프라이어 만세!) 달큰하게 취해서는 호기롭 게 말했다.

있잖아, 내가 얼굴 살은 계속 빠지고 뱃살은 계속 느는 이유를 알아냈어. 아무래도 하루 종일 서 있기 때문인 것 같은데 말이지. 중력의 법칙에 의해서 윗 쪽에 있는 살들이 아래쪽으로 이동하 는 거지. 근데 참 이상하단 말이야. 내려가다가 가슴 쪽으로 붙

을 만도 한데. 왜 배까지 논스톱으로 내려가는 걸까. 아~ 가슴에
뭔가 걸리는 게 없어서구나. 하하하하. 말하고 보니 슬프네. 가
슴에 걸렸었어야 하는데.

내 말을 어이없는 눈빛으로 듣던 함께 사는 친구가 말했다. 야,
하루 종일 서 있는 백화점 직원들은 그러면 몸이 원뿔이냐.

그 순간, 자기 비하까지 해가며 영세 요식업에서 종사하는 사
람의 신체적 변화에 대한 고찰의 마지막 문장을 완성하려던 나
는, 막걸리에 만취해서 말도 안 되는 이론을 우기는 볼이 홀쭉하
고 배 나온 영세 요식업체의 주인이 되어버렸다.

아무리 생각해봐도 그게 정답이건만 손님이고 가족이고 듣자
마자 말도 안 된다며 손을 휘젓는 이론일 뿐이었다.

지금도 여전히 볼은 점점 파이고 배는 볼록하게 나오는 기이한
신체변화를 겪고 있다. 가게를 그만 두면 다시 배의 살들이 다시
연어처럼 거슬러 올라 제자리를 찾아가는 과정을 거치게 될 것
인가. 연어는 강물을 거슬러 올라가 자기가 태어나고 자란 곳에
서 생명을 다한다는데 다만 바람이 있다면 살들이 거슬러 올라
가다 말고 가슴 부근에서 안식을 취한다면 더할 나위 없이 고마
울 것이야. 나의 살들아.

24. 좋아요 편집증 환자의 탄생

가게를 열자 누군가가 조언을 한다며 말했다.

요즘은 인스타그램이지. 가게를 한다면 인스타그램을 해야 해. 그 말은 내게 지상과제를 실천하라는 조물주의 명령과도 같이 가게의 영업을 위해서는 반드시 해내고 말아야 하는 필수 요건의 명령으로 하달되었다.

아직까지 그 말을 내게 해 준 이가 누구인지는 기억이 나지 않는다. 내 주변의 사람들은 인스타그램을 열심히 하기는커녕 앱을 내려받은 사람조차 별로 없었기 때문이다.

전화 목록에 따라 자동 추천되는 지인들에게 내게 그런 말을 했는지 물어보면 본인의 전화기에 그 앱이 있느냐고 오히려 되

묻는 어처구니없는 상황까지 있었으니 일단 나와 내 주변은 인
스타그램과 친하지 않았던 것이 분명했다.

　카카오스토리는 이미 내가 전화번호를 가지고 있는, 또는 내
번호를 가지고 있는 사람들만 독자인 한계성을 가지고 있었다.
카톡 리스트의 사람들은 빨간 점이 찍히면서 알려주는 새로운
소식들을 안 보는 척했지만 다 보고 있었다. 새로운 포스팅을 하
면 방문 숫자를 알려주는 그래프가 갑자기 솟구치고는 했다. 지
인들이 보는 것만으로도 공개되는 사생활에 대한 스트레스가 적
지 않았다. 그런데 인스타그램은 지인의 범위를 넘어서 세계 불
특정의 사람들과의 교류라는 부담감 백배의 sns였다.
　인스타그램으로 이사를 가노라며 카카오 스토리를 정리하는
이유에 대해 공지를 남겼다. 사람들은 인스타로 따라오기도 했
으며 때로는 인스타그램은 또 뭐냐며 불만을 내보이기도 했다.
　그렇게 카카오스토리에서 대충 짐을 주섬주섬 챙겨 인스타그
램으로 이사를 갔다.
　참으로 냉정한 세계였다. 좋아요. 숫자로 평가되는 세상.
　내게 좋아요를 눌러 줄 사람들은 아직 인스타그램의 앱을 찾
아내지도 못했는데 내 존재 자체가 거의 응애예요. 하는 걸음마
단계의 인스타그램 신접살림이 시작되었다.

시작과 더불어 매일매일 내 포스팅에 찍힌 좋아요 숫자를 세며 초라한 인스타그램 데뷔를 담담한 척 연기했지만 속으로는 한 손가락의 수를 넘지 못하는 좋아요 숫자에 자존감이 바닥을 치고는 했다.

어느 날, '언니, 좋아요 눌러주는 업체에 부탁하면 돼요. 다 그렇게 해요.' 인스타그램에서는 인생 선배인 후배가 해준 조언을 떠올렸지만 차마 눈 가리고 아웅 하듯 그런 방식으로 좋아요 숫자를 늘리고 싶지 않았다. 당신이나 나나 뻔히 아는 처지에 백 개가 넘게 찍힌 좋아요를 보면서 기쁘기는커녕 허허~ 하며 헛웃음이 나올 것만 같았기에 그 유혹에서 벗어나기는 어렵지 않았다.

좋아요. 그 숫자는 매우 느리게 꾸물꾸물 하나 둘 늘어갔다. 지인들에게 누르라고 반강제 협박을 하기도 했지만 인스타그램 앱을 들여다보는 방법조차 어려워하는 그들을 보며 애잔한 마음과 함께 그들이 눌러줄 좋아요 에 대한 기대를 아예 접어야 했다. 그들의 새로운 문물에 대한 거부감이 나에 대한 애정보다 조금 더 컸을 뿐이라고 생각하고 나니 마음이 편해졌다.

그런 와중에도 알게 모르게 야금야금 좋아요가 늘어가고 있었다.

동영상을 올리면 누가 봤는지 아이디와 프로필이 떴다. 그 사실을 아는 사람도 있는 것 같고 모르는 사람도 있는 것 같았다. 그러다가 문득 동영상마다 본 흔적을 남기고 있던 지인을 발견했다. 그는 단 한 번도 좋아요를 누르지 않은 〈좋아요 불참자〉였다. 그 심리는 뭘까. 꼬박꼬박 찾아보면서 심지어 동영상을 올리면 부리나케 열어 본 흔적을 남기면서 단 한 번도 좋아요를 누르지 않는 그 심리가 정말 궁금하던 차였다.

〈좋아요 불참자〉의 명단을 불을 끈 채 눈 감고도 써 내려갈 정도의 시간이 흘렀다. 한 편 포기도 하고 마음을 애써 비우기도 했다.

그러던 어느 날 저녁, 지인의 인스타그램에서 내게는 〈좋아요 불참자〉였던 지인의 좋아요를 발견했다. 그의 좋아요 표시를 들여다보며 그의 손가락이 미끄러져 자신도 모르는 사이 눌렀다던가 또는 더블 탭을 잘못하는 바람에 본인도 인식하지 못한 채 좋아요 대열에 합류하게 된 건지 궁금하기가 이루 말할 수가 없었다. 그렇다고 갑자기 전화해서 좋아요를 안 누르던 당신이 어떻게 갑자기 누르게 된 건지 설명을 해달라고 하는 건 제정신이 아니고서야 있을 수도 없는 일이었다.

물어보자니 사람 꼴이 우스워지고 혼자 분석을 하자니 온갖 망상에 시달려 다크 서클이 얼굴을 지나 목까지 흘러내릴 지경이었다.

그 이후로 물감이 번지듯 나는 인스타그램 좋아요 편집증 환자가 되어가고 있었다.

인스타그램에서 좋아요를 누르는 사람을 매일매일 체크해서 이름 옆에 우물 정자로 횟수를 표시하면서 가장 많은 좋아요를 기록한 사람은 주 단위로 순위를 매겨 다른 사람들은 알아채지 못하는 상품을 제공하고 티 푸드를 조금 더 크게 자른다거나 스페셜 티를 남겨놨다가 선택지에 은근슬쩍 밀어 넣거나 하는 야비하고 치사한 행동을 해야겠다고 마음을 굳게 먹었지만 차마 그렇게까지는 도저히 할 수 없어서 괴로웠다.

하지만 좋아요를 상습적으로 찍어주는 사람에 대한 애정이 마치 황하의 물길처럼 도도하고 거대하게 흘러가는 것을 막지는 못했다.

반대로 〈좋아요 불참자〉에 대한 서운함이 깊어지자 삶이 피폐해졌다. 눈초리도 곱지 않아졌다. 그런 집착으로 영세 요식업체 주인의 몸과 마음은 무시래기처럼 건조하게 메말라 가고 있었다. 자구책을 강구하기로 했다. 내 정신 건강을 위해 긍정적인 방법을 찾아냈다. 〈진성 좋아요 가담자〉의 마음 씀씀이에 고마워하고 애정에 집중하기로 했다. 그들의 좋아요는 여러 개만 누를 수 있다면 백 개라도 눌러줄 사람들이라고 혼자 믿기로 했다. 다른 이의 좋아요 보다 훨씬 가치 있는 좋아요 라고 맘대로 해석하기로 했다.

불란서 다방 인스타그램의 좋아요는 여전히 서른 개를 넘지 못한다. 사람들은 인스타그램에서 보고 왔다며 이야기를 하지만 내게 진성 좋아요 멤버는 그 스물몇이 전부일뿐이다.

그리고 이 말만큼은 정말 하고 싶지 않지만 솔직하게 말하자면 그 스물몇 중에서도 좋아요 눌러주는 업체와 계약한 인근의 가게 인스타그램이 영혼 없이 누르는 좋아요가 적지 않다는 사실이다.

거기까지 가면 내가 너무 초라해져서 말하고 싶지 않다. 아. 벌써 말했구나. 할 수 없지. 이제는 동정심에 기댈 수밖에.

좋아요 좀. 굽신~

25. 내 귀에 캔디, 내 발에 바늘

몇 년 전 갑자기 오른발 발등과 바닥이 묘하게 아파왔다.

마치 송곳으로 발바닥과 발등 중간쯤에서 꼬마 처키가 송곳을 들고 찌르기라도 하는 듯 기분 나쁘게 괴상한 통증이었다.

참다못해 동네 정형외과를 가서 진료를 받았다. 엑스레이를 찍고 나서 기다리는 내게 들어오라는 의사의 표정은 지난 며칠 나를 괴롭히던 통증보다 더 묘한 느낌이었다. 엑스레이 필름을 벽에 걸어놓고 턱을 손으로 쓸어 가며 내 얼굴과 필름을 번갈아 바라보았다.

그러다가 입을 떼었다. 발 안에, 정확하게 말해서 발의 뼈 안에 뭔가가 있는데 그게 뭔지 단정할 수가 없네요. 이건 대학병원으로 가셔서 검사를 통해 알아보시는 게 좋을 것 같습니다.

마치 다른 사람 이야기를 듣는 듯 현실감이 없던 나는 갑자기 뜬금없는 질문을 했다. 저게 뭔지 모르지만 제가 죽을 수도 있는 건가요.

의사는 잠시 나를 응시하더니 말했다. 아마 그럴 가능성은 없어 보입니다만 일단 대학병원으로 가시는 것이 좋을 것 같습니다.

일반 병원에서 대학 병원으로 가라는 의사의 멘트는 드라마에서 비극의 시초가 되는 클리셰가 아니었던가. 아무튼 갑자기 나는 언제 죽을지도 모르는 비운의 주인공의 심정으로 부랴부랴 근처의 대학 병원으로 향했다.

먼저 진료를 한 의사의 소견서를 내밀었더니 진료를 앞으로 배정해줬다. 급박하게 진행되는 이 장면 역시 드라마의 비극적 결말로 치닫는 익숙한 클리셰였다.

엑스레이와 초음파, MRI를 찍고 대기하라는 명령에 검사를 다 마친 나는 진료실 앞 긴 소파에 엉거주춤 붙어 앉아 세상 초연한 표정으로 주변을 둘러보았다.

대부분이 노년층이었고 굳이 의사 면허가 없는 나도 그분들의 문제가 관절임을 한눈에 알아볼 수 있었다.

내 이름이 호명되었다. 그 어떤 말을 들어도 드라마처럼 울거나 살려달라고 애원하지 않겠다고 쓸데없는 다짐을 하며 힘차게 대답했다. 네!

노인들은 나를 안 되었다는 듯 처연한 눈빛으로 바라보았다. 나는 결연한 표정으로 진료실로 들어갔다. 발끝이 떨렸지만 애써 웃음을 보였다. 내가 들어감과 동시에 뒤 쪽에 인턴 같은 의사 복장의 청년들이 따라 들어왔다.

이런 경우는 정말 특이한 경우의 비극적 서사일 때 일어나는 상황이 아니었던가.

대부분의 흰색 가운들은 서 있고 가운데 책상을 앞에 두고 나와 의사가 마주 앉아 있었다. 의사는 역시나 목덜미를 어루만지며 나를 바라봤다. 표정이 묘했다.

저, 음…. 혹시 기억이 나시나요? 언제 그랬는지? 저 네 번째 발가락 뼈에 가로지르는 가느다란 금속이 보이세요? 제가 볼 때 저건 바늘 같은데요. 그런데 저게 근래에 들어간 게 아니라는 거죠. 아마도 10살 전후에 들어간 것 같군요.

그러자 뒤에 서 있던 흰색 가운이 말했다. 세상에 이런 일이(TV 프로그램)네요.

생과 사를 내 맘대로 넘나들고 있던 차에 나는 갑자기 너무나 엉뚱하고도 황당한 병명에 수치스러움을 느꼈다. 삶과 죽음을 가르기는커녕 무안과 수치를 주고받는 상황에 적응을 하려고 숨을 크게 들이쉬었다.

의사가 말을 이었다.

이 바늘을 꼭 빼고 싶으시다면 수술을 하는 수밖에 없는데요. 그게 참… 발바닥을 다 헤집어서 꺼내는 과정인데 문제가… 이 바늘이 거의 사십 년 가까이 저 상태로 있었단 말이죠. 그런데 그렇게 자리를 잡고 있는 바늘을 꺼내었을 때 과연 발가락 뼈가 제대로 붙어서 기능을 할 것인가 하는 의문이고요. 또 하나는 발바닥을 헤쳐서 수술을 하면 뼈가 붙는 건 그다음이고 일단 걸어다닐 수가 없습니다. 당분간 말이죠. 그래서 의사로서 권하고 싶은 건…. 그냥 이렇게 살아오셨으니 이대로 조금 더 사시는 것도 나쁘지 않겠는데요.

뒤에 동그랗게 서 있는 흰색 가운들은 사진을 들여다보고 뭔가 수군거리고 있었다. 굳이 귀를 쫑긋하지 않아도 대충 뭔 얘기인지는 감이 왔다.

나는 자리에서 일어나 주위의 흰색 가운들과 가운데 앉은 흰색 가운을 향해 인사를 하고 진료실을 나왔다. 뒤통수가 살짝 뜨거웠으나 아무렇지 않은 척 걸어 나오기 위해 속으로 노래를 흥얼거렸다.

뒤쪽의 흰색 가운들의 시선이 내 오른발의 걸음을 바라보고 있다고 생각하니까 발은 스텝이 꼬이기 시작했고 결국 매우 괴상한 걸음걸이로 그 방을 나와야 했다.

그 이후로 나는 가족들의 황당해하는 표정과 만나야 했다. 특히 엄마는 한숨을 쉬면서 널 정말 어쩜 좋으냐 하는 지리멸렬한 잔소리와 함께 사는 친구에게 양육자로서의 사과와 아무리 그런들 AS는 절대 해줄 수 없다는 단호한 말씀을 전하셨다.

아무튼 그 발바닥을 가로지르는 바늘 토막은 피곤하거나 날씨가 궂은 날이면 욱신욱신 쑤시고는 하는데 가게를 열고나서는 바빠서인지 까맣게 잊고 있었다.

가을비가 여름 장마처럼 천둥 번개를 데려와서 쏟아붓던 날이었다.

비가 오는 날은 나만 좋아하지 손님들은 통 없는 날이라 와인 반 잔 따라놓고 근본 없는 뜨개실을 하고 있었다. 와인 탓인지 갑자기 발바닥과 발등 사이의 그 중간쯤에서 송곳으로 찌르는 통증이 시작되었다.

그것은 마치 이렇게 말하고 있는 것 같았다.

날 잊었나 본데. 나 여기 있어. 그가 내게 보내는 신호였다.

'그래, 너 거기 있는 거 다 알아. 굳이 그렇게 존재감을 드러낼 필요는 없어.' 일부러 소리를 내어 중얼거렸지만 통증은 나아질 기미가 보이지 않았다. 동통은 점점 더 심해졌고 진통제를 두 알이나 먹어도 여전했다. 통증이 더 심해져서 걷기 힘들어지기 전에 집으로 가야 했다. 우산을 펼치고도 이리저리 쏟아져 들어오는 빗줄기에 흠뻑 젖은 채 오른발을 찔끔거리며 집으로 향했다.

샤워기의 뜨거운 수압 속에서도 느껴지는 강한 통증의 오른발을 감싸 쥔 채 끙끙 앓다가 잠이 들었다.

잊지 마. 네 통증도 상처도.

그게 다 모여서 네가 된 거야.

바늘은 부러진 입으로 잘도 소곤거리고 있었다.

26. 걸인을 위한 수저

엄마는 한 달에 몇 번씩 지나가는 걸인을 집에 들였다.

그리고는 안방의 아랫목에 상을 차렸다.

작은 앉은뱅이 상에는 갓 지어내어 김이 모락모락 나는 고봉밥과 그때 그때 다른 국이나 반찬이 차려졌다. 매번 다른 행색의 걸인은 따끈한 아랫목에서 어색한 표정을 지으면서 밥상을 기다렸다.

여러 번 반복되면 익숙해질 법도 한데 어렸던 나는 걸인이 안방에 앉을 때마다 매번 새롭다는 듯 경계를 늦추지 않았다. 그날도 나는 걸인이 앉아 있는 안방의 문지방을 넘지 못하고 문 뒤쪽 벽에 몸을 최대한 밀착시켜 위장한 후 눈만 빼꼼 내밀어 정찰 중이었다. 걸인은 어정쩡한 자세로 앉아 눈을 이리저리 굴렸다. 나는 마치 최전방의 경계병이라도 된 듯 그의 얼굴과 표정과 행동을 놓칠 새라 주시하고 있었다. 혹시라도 걸인이 보잘것없는 집안 살림에라도 관심을 보일까 의심하는 마음도 있었고 이상 행동을 보이면 바로 엄마를 사수하겠다는 투지에 잠시도 한눈을 팔 수 없었다.

엄마가 부엌에서부터 작은 소반을 들고 안방을 향해 지나갈 때면 상 위에 올려 있던 메뉴들을 쓰윽 한눈에 훑어보고는 과연 걸인에게 적당한 밥상인지 가늠하는 역할에도 충실했다. 그러나 사실 경계와 보초, 감시자로서의 역할보다 더 중요한 목적은 따로 있었다.

엄마가 정성스럽게 차린 그 걸인의 밥상 위, 이제는 더 이상 아무도 먹지 않는 고봉밥 옆에 놓여 있는 수저를 눈여겨보는 것이었다.

그 걸인이 입에 넣었다가 뺐다가 하게 될 그 수저를 쓰지 않겠다는 의지, 걸인과 결코 같은 수저를 쓰지 않겠다는 그 강렬한 다짐 하나만으로 눈 안에 담긴 상 위의 장면을 사진 찍듯 뇌리에 새겨두기 위해 눈꺼풀을 깜빡거렸다.

걸인은 매번 다른 사람이었지만 늘 같은 표정으로 밥상을 받았다.

눈을 동그랗게 뜨거나 입을 약간 벌린 채로 밥상과 밥상을 놓

는 엄마를 번갈아가며 쳐다보다가 엄마가 맛있게 드세요 하는
한 마디를 남기고 방을 나가면 문 앞에서 얼굴만 삐죽 내놓고 뚫
어지게 바라보는 나와 눈길이 마주쳤다.

그럴 때면 도리어 내가 화들짝 놀라 얼른 몸을 돌려 숨겼다. 그
리고 이내 다시 두근두근한 마음으로 걸인의 시선이 문 쪽에서
비껴나가 있기를 바라며 얼굴을 들이밀었다.

부엌 쪽에서 나를 향해 이리 오라는 손짓을 하는 엄마를 등지
고 안방을 염탐했다.

열에 한 번은 엄마에게 등덜미를 잡혀 방으로 끌려가고는 했
는데 엄마도 그런 상황이 반복되자 포기했는지 부엌에서 당신
의 남은 일을 하고는 했다.

다시 훔쳐보는 안방의 상황은 그러했다.

걸인은 숟가락을 쥐고 고봉밥을 고봉으로 뜨고는 입에 넣었다.

밥이 뜨거운지 입을 벌리고는 날숨을 연거푸 뿜어냈다. 그럴
때 걸인은 마치 입에서 연기를 뿜는 신화 속의 동물같이 보이기
도 했다. 왜 사람이 아니라 동물처럼 보였을까. 그건 걸인을 무
시하거나 비하해서가 아니라 그의 옷차림이나 행색이 지금 생
각해보면 해리포터에 나오는 해그리드에 버금가는 행색이었기
때문이다. 그런 모습의 그의 입에서 뿜어져 나오는 김을 볼라치
면 영화의 한 장면처럼 비현실적이고 신기할 뿐이었다.

아무튼 요리조리 입 안에서 뜨거운 밥을 옮겨가며 김을 뱉어 내던 걸인은 반찬과 국을 순서 없이 입 안에 넣었다. 젓가락이 아닌 숟가락으로 모든 식사 행위의 처음부터 끝을 마무리했다.

젓가락을 전혀 쓰지 않았기에 놀라워하면서 한 편 안도했다.

젓가락은 고민 없이 사용할 수 있었기 때문이었다. 이제 요주의 물건은 숟가락 하나였다. 마지막에는 그릇을 들어 입에 가까이 댄 후 숟가락으로 쓸어 넣었다.

그런 행위는 몇 분도 되지 않아서 밥 상 위를 깨끗하게 비워 냈다.

걸인이 돌아가고 나면 염탐의 본래 목적이었던 걸인이 사용한 수저가 어떤 수저였는지 기억이 나지 않아 밥 먹을 때마다 울상이 되고는 했다.

일단 젓가락은 사용하지 않았으니 고민 중 하나는 해결이 되었다. 문제는 숟가락이었는데 걸인이 돌아가고 난 뒤에 늘 이마를 짚으며 아차! 해야 했다. 우리 집에 있던 수저는 열 벌 한 세트였다. 구분이 전혀 되지 않는 수저 세트였던 것이다.

그 시점의 생각에 다다르면 모든 걸 포기하고 설마 죽기야 하겠나 싶은 자포자기의 심정이었다가 이내 언제 그런 고민이 있었냐는 듯 싹 다 잊어버리고 밥을 먹었다.

양념까지 모조리 먹어버리는 걸인의 식사 장면을 보며 나는 엄마가 참 좋아하겠구나 하는 생각을 했었다. 양파며 파, 각종 양념을 긁어내고 먹는 삼 남매의 버릇 때문에 밥상을 정리할 때마다 '이 아까운 걸' 하는 엄마의 조용한 혼잣말이 기억났기 때문이다.

엄마는 깔끔하게 국물 한 두 방울만 남은 밥상을 기뻐했을지도 모르겠다.

당신의 요리 실력을 빈 접시로 보상받았다고 생각했을지도 모르겠다.

어쩌면 그런 만족감이 가끔씩은 필요했을지도 모르겠다.

그 모든 상황이 엄마에게 치유의 과정이었을지도 모르겠다.

걸인은 허기를, 엄마는 일상에 지친 마음을 채우는 기회였는지도 모르겠다.

내가 가게를 열고 음식을 만드는 사람이 되고 보니 싹싹 비워진 말끔한 설거지는 음식을 만드는 사람에게 힘을 줬다. 계속해도 되겠어. 어깨를 두드려주는 따뜻한 격려가 되었다.

그때의 엄마도 그런 기분이었을까.

그때 어린 나의 눈에 비친, 부엌에서 걸인의 밥상을 차려내는 엄마는 즐거워 보였던 것 같다. 내가 본 건 엄마의 뒷모습이지만 질끈 묶은 머리마저 나지막이 부르는 엄마의 노랫소리에 리듬을 타는 듯 흔들흔들 춤을 췄기 때문이다.

시간은 흘러 그때의 엄마 나이가 되었고 어찌어찌하여 생판 모르는 남을 위한 밥상을 차려내게 된 나는 엄마의 그 느낌이 어떤 것이었는지 정확하게 설명해낼 자신이 없다.

엄마의 의도가 어찌 되었던 간에 어린 시절을 관통한 그 경험을 통해 타인에 대한 연민과 공감을 체화할 수 있었고 타인과 나누는 상황에 어려움을 느끼지 못했다.

나눌수록 오히려 작고 적어서 미안한 마음이 더 많았다.

이제야 엄마 나이가 되어보니 내 어린 시절 모멘트가 된 '걸인의 수저'가 내 아이들에게는 어떤 기억으로 이어질까 하는 생각에 잠긴다.

내가 매일 닦고 준비하는 커트러리가 그렇게 기억될 수 있을까.

엄마의 수저와 나의 커트러리.

기억 속 엄마의 수저를 가지런히 담아 놓고 비로소 하얀 린넨을 꺼내어 나의 커트러리를 닦아본다.

27. 스트레스 삼단 콤보

봄비가 내릴 때마다 날이 야금야금 따뜻해지고 있었다.

홍차 손님은 점점 줄고 있었지만 홍차 수업은 꾸준히 진행되고 있었고 프랑스 가정식 손님은 알음알음 늘고 있었다.

불란서 다방은 〈요식업계의 다이소〉가 컨셉이라며 자조적인 표현을 입에 달고 있었지만 그 복잡하고 다양한 컨셉 덕분에 계절을 타는 불황과 시험, 휴가 같은 시기적 어려움을 그럭저럭 무난하게 메워가고 있었다. 톱니바퀴처럼 서로가 서로를 보완하면서 흘렀다.

물론 손님들이 단 한 명도 오지 않는 날도 있었다. 그 외의 날들은 홍차 손님이나 밀크티 베이스를 구매하는 손님, 가정식을 예약한 손님, 물품을 구매하러 온 손님들이 장거리 달리기에 바

통을 주고받듯 띄엄띄엄 가게에 들고 났다.

초반에는 매출에 대한 기대감이나 목표가 없었기에 손님 한 명만으로도 만족스럽게 하루를 마감할 수 있었다.

하지만 곧 한 달, 두 달… 매 달 일정 시기에 지출되는 카드 대금과 관리비, 임대료를 반복 경험하면서 나만의 영세 사업자 스트레스 사이클이 생겨버렸다.

이름 하여 스트레스 삼단 콤보.

매달 1일이 되면 희망에 부푼다. 그 희망마저도 가게 경력(이라고 하기에는 낯 뜨겁지만)이 늘어나자 불안함으로 희석된 느낌이지만 그냥 희망이라고 부르기로 하자. 그래야 살 수 있다.

이번 달은 몸은 편안하고 경제적으로 풍족한 한 달이 되기를 기도한다. 물론 그럴 가능성은 강아지가 야옹할 만큼 말도 안 된다는 걸 안다. 하지만 그렇게 기도한다. 그래야 살 수 있다.

한 달이 시작되고 첫 주말 즈음에 H카드사는 문자를 보내온다. '당신이 이번 달 중순에 결제해야 할 금액이 얼마 얼마이니 준비하고 기다려.' 하는 내용이다. 이번 달 숫자와의 전쟁을 시작하겠다는 선전 포고다.

분명 내가 사용한 카드인데도 매번 문자를 받을 때마다 '내 카드 맞아? 혹시 도용된 거 아닌가.' 하는 의심에 카드사 앱에 들어가 구매 목록을 샅샅이 훑는다. 내 카드 맞다. 내가 쓴 거 맞다.

그렇게 중순이 지나고 나면 그다음 주에 결제될 S카드사의 친절한 문자가 온다. '당신과 함께 해서 기쁩니다. 능력 있는 당신이 이번 달 저희에게 바쳐야 할 돈은 자그마치 얼마 얼마입니다. 이렇게나 많이 사용해 주신 덕에 당신은 우리 회사의 VVIP입니다. 기대는 마세요. 그냥 그렇게 부를 뿐 그렇다고 특별한 혜택은 전혀 없습니다. 오히려 이 만큼의 돈을 계속 쓰지 않으신다면 얄짤없이 VVIP에서 일반 고객으로 강등시킬 예정이오니 알아서 카드를 긁어주십시오.' 대충 이런 내용이다.

그날의 기분에 따라 회유나 협박으로까지 들리는 문구를 받고 나면 마치 '그동안 너무 편안하게 살았지? 어쩌나, 네 통장은 곧 바닥날 예정이야.' 하는 소름 끼치는 속삭임으로 들렸다.

마음은 급하고 생각은 복잡해진다.

앞으로 입금될 금액과 판매 금액을 예측하고 함께 사는 친구에게 손을 벌려야 하는 생각에까지 이르면 가게를 시작하면서 했던 호언장담을 떠올리고는 가슴이 답답해졌다. 범 무서운 줄 모르는 하룻강아지라더니. '곧 부자가 될 테니 갖고 싶은 걸 리스트로 만들어야 할 것이야!' 그때로 돌아갈 수만 있다면, 가능하기만 하다면, 그 헛소리를 내뱉으려는 순간, 입을 틀어막고 귀에 소리치고 싶은 마음뿐이었다. 안돼! 제발!

중순과 하순 사이 S카드님께 설거지와 오븐에 붓고 데인 손으로 번 돈을 진상하고 나면 말일이 돌아왔다. 말일은 임대료와 관리비의 날이었다.

H카드와 S카드와의 사투에서 간신히 살아남은 통장에는 다시 조금씩 숫자가 채워지고 있었다. 하지만 임대료와 관리비를 정산할 만한 숫자가 되기에는 한참 멀었다.

다시 불면의 밤이 시작되고 있었다.

그동안 쉬지 않고 설거지하고 음식을 만들고 차를 내었던 내 노동에 대한 대가를 바라는 건 언감생심이었다. 혼자만으로는 벅찬 노동을 통해 손님의 카드로 결제된 금액은 수수료를 벗고 가벼운 걸음으로 내 통장으로 잠시 들렀다가 곧 연기처럼 사라지는 마술쇼를 펼치고 있었다.

초기에는 혹시나 하는 마음에 카드사 미 입금을 체크해주는 앱을 깔았다. 앱을 통해 '그동안 이백만 원 정도의 미 입금이 있습니다. 지금 당장! 당신의 계좌에 입금해 드리겠습니다.' 이런 문자를 기대했건만 '단 한 건의 미 입금 사항도 없음을 알려드립니다.' 라는 메시지만 연거푸 받고 나자 좌절감에 애꿎은 앱만 지워버렸다.

게다가 임대료는 왜 10%를 더해서 주인에게 보내야 하는지 설명을 들어도 이해할 수 없는 뒤늦은 상실감에 처음부터 10% 더해진 금액을 임대료라고 해야 하는 것 아니냐며 누군가의 멱살이라도 잡고 '나만 몰랐던 거야? 너도 몰랐지?' 하며 화풀이라도 하고 싶은 마음뿐이었다.

그럴 때면 돈 때문에 생각만 더 복잡해진 가게 주인은 만만한 누군가를 붙잡고 성질을 내고 싶어지는 것이다.

월말이 되고 통장이 바닥을 드러내면서 어찌어찌 임대료와 관리비가 해결되고 나면 일단 발등에서 활활 타오르던 불을 내 힘으로 껐다는 사실에 기특한 마음이 들고 이번 달을 무사히 넘긴 것에 감사함을 느끼면서 언제 그랬냐는 듯 세상이 편안해지는 것이다.

스트레스 삼단 콤보는 며칠 뒤 다시 시작될 것이다.

그때까지는 이 평화와 여유를 즐겨야만 한다.

그래야 살 수 있다.

🐑" 스트레스 삼단 콤보는 문을 닫을 때까지 뫼비우스의 띠처럼 반복될 것이다. 제발 누구라도 너만 그런 건 아니야 라고 속삭여 주길. 플리즈~

28. Crown Shyness

수줍은 꼭대기.

꼭대기의 수줍음.

나무가 많은 숲에 들어가서 고개를 들어 하늘을 보면 재미있는 광경을 볼 수 있다.

빽빽한 지면에서의 나무 간격이 가지를 뻗어 잎사귀가 무성한 상태에서도 서로 닿지 않으려고 노력이라도 하듯 일정한 틈을 유지하고 있는데 그 현상을 나무들의 서로를 위한 거리 유지. 크라운 샤이니스라고 부른다고 한다.

수줍은 듯 거리를 두는 삶의 자세는 나무뿐만 아니라 사람에게도 반드시 필요한 자세가 아닐까 싶다.

유난히 정이 많아서, 마음이 약해서 누군가와 가까워지기 시작하면 인당수에 몸을 던지듯 자기 자신을 상대방에게 풍덩 빠뜨리는 경우를 자주 본다. 그럴 때면 그 사람의 평상시 성정을 잘 알기에 걱정스러운 마음이 앞서는 게 사실이다. 대부분의 경우 정이 많아 자신을 다 드러내고 살뜰하게 챙긴 사람이 먼저 상처받고 쓰러지기 십상이기 때문이다.

한 편, 내 경우는 크라운 샤이니스가 지나쳐서 오히려 상대방이 서운하게 느끼는 경우가 많다. 오랜 시간을 함께 공유했더라도 속 이야기를 잘하지 않는 편인 데다 상대방의 속사정에 대해서도 궁금함을 갖지 않는 성격이라 사람들은 오래된 사이임에도 잘 알 수 없는 사람이라고 에둘러 표현하기도 한다. 이렇게 저렇게 갖다 붙여도 사실은 냉정하다는 의미로 들린다.

사람이 어떤 성향으로 만들어지기까지는 유전적인 영향도 있겠지만 성장 과정을 통해 경험하는 크고 작은 사건들의 퇴적작용이 중요한 역할을 할 것이다.

내게는 어떤 경험이 어떻게 영향을 준 것인지 알 수는 없지만 지금까지도 여전히 심리적인 적당한 거리가 인간관계를 길고 단단하게 끌고 간다고 믿고 있다.

때로는 어느 정도 친해지고 나면 속내를 드러내고 무례마저도 친하다는 이유로 이해받으려는 관계로 발전하려는 낌새가 보이면 뒤로 주춤주춤 물러나 관계를 먼 거리에서 관망하곤 했다. 상대방이 서운해할지라도 어쩔 수 없다.

그 방법이 그와 나의 인간관계를 더 깊어지지는 않아도 길고 평온하게 만들었다.

다른 사람은 어떤지 모르겠지만 나는 태생적으로 외로움이 많은 편이었다.

중년이 되자 외로운 존재라는 본연의 성향에 다양한 조건이 더해져서 더욱 외로운 존재가 되었다. 그 외로움을 받아들이고 견디기 위해 이런저런 방법을 찾기 시작했다. 여행, 쇼핑, 독서, 운동, 미식처럼 혼자 하면서 혼자로서의 즐거움을 느낄 방법은 많았다. 외로움이 외롭지 않았다.

많은 사람들은 혼자라는 방법에 두려움을 갖는다.

혼자서 보고 느끼고 먹고 즐기는 것에 대한 거부감.

그래서 혼자서는 외롭기에 외로운 사람들이 모인다. 외로운 사람들이 모여서 외로운 모임을 만든다. 많은 외로운 사람들 속에서 느끼는 각자의 외로움은 더욱 깊고 진할 뿐이다.

각각의 외로움이 모여 더욱 외로워지는 슬픈 아이러니.

외롭지 않기 위해 만나고, 외롭지 않기 위해 자신을 드러내고, 드러낸 속살에 누군가 던진 말 한마디로 소금 뿌린 듯 따가움을 느끼고, 상처 때문에 그 자리를 벗어나면 혼자 남게 될 외로움을 상상하며 상처를 숨기고 남는 외로움의 순환 고리.

  거리두기에 달인이라고 생각해왔던 나 역시 몇 해 전, 관계가
주는 피로감이 너무나 커서 결국에는 영혼마저 너덜너덜해지는
경험을 하고 나서는 혼자로서의 만족감이 얼마나 평온한 외로
움인지 절실하게 느꼈다.

  혼자만의 여행, 혼자만의 시간, 혼자가 주는 즐거움.

  오히려 남들과의 관계는 뜸하고 짧았지만 오히려 삶은 편안하
고 꽉 찬 느낌이었다.

  그런 관계의 안정감이 다시 나 혼자만의 시간을 충만한 만족감
으로 채울 수 있었다. 긍정적인 순환이었다.

  크라운 샤이니스.

  당신을 향한 수줍은 거리.

  당신과 나를 위한 거리.

  사실 상대방과의 거리두기에 천착하는 쌀쌀맞고 냉정한 사
람인지라 어떤 모임에 가입되거나 어떤 단체에 소속되거나 어
떤 이름의 일원으로 불리는 걸 병적으로 싫어하지만 원하는 상
황만 일어나지는 않는 법. 어떤 모임에 은근슬쩍 발을 넣었다가
아얏!하고 발을 뺀 적이 있다. 역시 나는 사회성이 부족한 인간
이구나 하는 자괴감만 들었다. 그 사건에 대한 구구절절한 변명
이라고 봐주면 좋겠다.

29. 그래서 네가 진짜로 원하는 게 뭐야

애들 키우면서 좀처럼 이해하기 힘든 경험은 아이의 문제도, 부모인 나의 문제도 아니었다.

매 학년 신학기가 되면 날라 오는 아이들의 희망 직업과 학력, 부모가 바라는 자녀의 희망 직업, 자녀의 희망 직업에 대한 부모의 코멘트를 한 장에 종이에 적어 내는 조사. 바로 그것이었다.

매년 3월마다 큰 애와 둘째가 내어놓는 설문지를 식탁 위에 올려두면 또? 하는 생각에 오고 가며 한숨 쉬기가 일쑤였다.

중년을 맞는 나조차도 내가 뭘 해야 잘 해낼 수 있는지, 가장 잘할 수 있는 분야가 뭔지, 대체 있기는 한 건지, 슬금슬금 다가오는 미래를 어떻게 살아가야 할지 알 수 없어서 당황스러운 마당에 아이들의 미래를 단 한 직업으로 적어 내라니. 미래의 직업군이 어찌 될 줄 알고. 지금 있는 직업이 미래에는 사라질 수도 있고, 지금은 생각도 못한 직업이 미래의 유망직종이 될 수도 있고, 무엇보다도 뭘 잘할 수 있는지 뭘 하고 싶은지도 알 수 없는 이 질풍노도의 시기에 하나의 직업을 선택해서 써넣으라니 이런 억지가 어디 있나 싶었다.

하루 자고 나면 하고 싶은 일이 바뀌는 아이들의 희망을 그때마다 다르게 쓰고 싶었지만 혹시라도 고등학교나 대학교 진학할 때 그동안 적어냈던 직업에 잦은 변화가 감점의 요인이 될 수도 있다는 말을 들으니 이건 은근한 협박을 넘어 아이의 미래를 거머쥐고 부모가 끌고 가라는 말처럼 공격적으로 느껴졌다.

내 어린 시절로 거슬러 올라가서 그런 과정을 거쳤다면 내 인생이 좀 다른 방향으로 흘렀을까. 그때 내 주위에 미래에 대한 조언을 해 줄 수 있는 사람이 많았다면 잘할 수 있는 분야를 찾을 수 있었을까.

지금 아이들은 다양한 분야에 대한 정보를 비교적 쉽게 접하고 선택할 수 있어서 다행이다 싶다가도 어린 시절부터 타인의 시선에 의해 강요된 희망을 적어놓고 나면 다음 진학을 위해 그 다음 진학을 위해 오류를 시정할 기회나 용기를 박탈당하는 것이 아닌가 싶은 마음에 안쓰러운 생각마저 들었다.

엄마인 나도 나 자신을 잘 모르겠는데 열 살도 안 된 아이들의 미래를 미리 정하라니 성급하기로는 누구 못지않은 사람에게도 불안하고 조급해 보이는 과제였다.

그렇게 억지로 끼워 맞춘 일회용 미래를 위해 어떤 노력을 기울여 왔는지 점수로 판단하겠다니 웃고 말아야 할지 아이의 미래에 대한 큰 그림이라도 그려야 할지 난감할 뿐이었다.

그리고 마지막 한 술 더 뜨는 단계로 아이의 희망사항에 대한 부모의 코멘트 작성이 남아있었다. 아이의 인생에 과감히 끼어들기하라는 제안인데 나는 그럴 예정도 생각도 의도도 전혀 없었기에 늘 진솔하지만 약간은 신경질적인 코멘트를 남기고는 했다.

큰 애와 둘째는 담임선생님의 우려에도 불구하고 매년 다른 희망직업을 적어 냈다.

동물 조련사, 봉사단체 직원, 경호원, 회사 직원, 가게 주인, 여행가… 세상의 모든 직업은 다 적어내겠다는 듯 매년 다른 직업이 적힌 칸 아래에 부모의 코멘트 칸에는 나라도 일관성을 유지하고자 한결같은 문장을 적어냈다. 이렇게.

'그 무엇이든 아이가 원하는 모습을 지지합니다.'

아이들은 자라면서 다양한 실패를 겪을 것이다. 실패는 아이에게 자신이 어떤 사람인지 조금씩 알려줄 것이고 실패의 과정을 통해 삶의 방식을 교정해 갈 것이고 결국은 자신이 원하는 길을 찾아내게 될 것이다.

인생의 한가운데를 통과하는 나야말로 발 앞에 떨어진 불을 부채질을 해서 키워야 할지 모래라도 한 줌 뿌려서 꺼야 할지 내 코가 석자다.

나야말로 오십 년이나 흘렀는데도 답을 찾지 못했다.

그렇다고 오답을 써낼 수는 없는 일이고.

시간은 자꾸 흐르고 마음은 조급하고.

아침마다 거울을 보며 묻는다.

중년! 네가 진짜 하고 싶은 게 뭐야?

아직도 잘 모르겠다. 아마도 죽을 때까지도 찾지 못하는 건 아닐까. 단지 버나드 쇼의 묘비명이라는 〈우물쭈물하다가 내 이럴 줄 알았지〉를 내 묘비명으로 쓰지 않게 하려고 안간힘을 쓸 뿐이다. 이렇게 나도 우왕좌왕인데 누가 누구에게 이래라저래라 할 정신머리가 없다. 각자도생 하자. 얘들아.

30. 꿈·꿈·꿈

어릴 적 꿈은 양계장 집 딸이었다.

그러나 현실의 부모는 일개 회사원인 데다 닭과의 연관성은 사돈의 팔촌까지 뒤져도 찾을 수 없는 도시 토박이였기 때문에 그 꿈은 일찌감치 접어야 했다.

어린 마음에 좌절을 겪은 후 이어진 그다음 꿈은 닭을 키워 마음껏 먹을 수 없다면 닭을 사다가 마음껏 튀기는 치킨집 딸이었다. 그러나 현실은 또다시 냉정했다. 일단 치킨집 딸이 되기 위해서는 아빠든 엄마든 둘 중 한 분이라도 닭과 치킨에 대한 남다른 애정이 있어야 했다. 하지만 드시긴 드시되 굳이 닭을. 하시며 닭에 대한 애정은 고사하고 관심조차도 시금털털했다. 오히려 엄마는 닭보다 돼지고기를, 아빠는 쇠고기를 좋아하시는 바람에 직종 변경 시 치킨집보다는 정육식당이 선택될 가능성이 농후했다.

어린 나이에 두 번째 꿈마저 산산이 부서지는 참사를 겪고 나자 나는 염세적인 세계관을 가진 성장기를 보내게 되었다.

그렇다면 혹자는 그럼 네가 직접 하면 되지 않냐 라며 오지랖을 보이기도 하겠지만 누누이 말했듯 난관 앞에서는 유난히 비겁한 성정을 드러내는 나는 양계장 집 딸, 치킨집 딸. 그 딸이라는 사회적, 가족적 스탠스를 원했던 것이다.

마치 재벌집 딸 같은 느낌으로 받아들이면 되겠다. 가족의 소중한 일원으로 보호받으며 온갖 사치품을 향유하는 이미지. 단지 양계장 집 딸, 치킨 집 딸이 굳이 보호받을 이유까지는 필요하지 않으니 그저 온갖 닭과 관련된 요리만 마음껏 향유하면 되는 거였다.

그런 소박한 바람은 다음 생에서나 가능했기에 어린 시절 가끔씩 아빠, 우리도 닭을 많이 키워보면 어떨까. 엄마, 닭을 튀기는 것도 재미있을 것 같아. 하며 어른들을 떠봤으나 돌아오는 건 늦은 밤, 우리가 낳았지만 참, 애가 특이해. 같은 부모님이 나누는 걱정스러운 말투의 조용한 뒷담화였다.

학교를 졸업하고 돈을 벌게 되자 유명하다고 알려진 치킨집들을 다니는데 코딱지만큼 받은 월급을 탕진하기 시작했다.

그럴 때 양계장 집 딸이었다면 애야, 더 이상 최고의 치킨을 찾아 헤매지 말고 우리가 이 양계장 한 동을 네게 줄 터이니 마음 껏 다양한 방법으로 시식해 보렴. 했겠지만 현실은 달랐다. 얘 야! 넌 대체 어떻게 된 게 어제도 가마솥 통구이 닭을 두 마리나 먹더니 오늘은 전기구이 통닭을 세 마리나 사다 먹는 게냐. 대 체 전생에 오소리였나. 너 때문에 희생된 닭이 네 짧은 인생 동 안 대체 몇 마리인 거냐. 먹기 전에 묵념은 하고 먹어라. 그러다 가 꿈속에 너 때문에 죽은 닭들이 나타나 널 쪼아댈 수도 있어. 미리미리 사죄해놔. 등등의 악담과 걱정과 충고와 잔소리가 절 묘하게 버무려진 말을 들어야 했다.

그럴 때마다 입을 쭉 내밀고는 내가 양계장 집 딸이었다면~ 치 킨집 딸이었다면~ 이렇게 시작하는 작사, 작곡, 편곡까지 마친 노래를 부르기 시작하면 가족들은 어이구 또 시작이군 하는 표 정으로 들리지 않을 곳을 찾아 뿔뿔이 흩어졌다.

치킨에 대한 사랑은 거의 집착에 가까웠는데 부모님의 이야기 를 들어보면 그 뿌리는 상당히 깊고도 오래된 과거로부터 시작 되었다고 한다.

나는 명사를 새로운 단어로 바꿔 부르는 특이한 아이였다.

말을 배우면서부터 어른들이 알려주는 명사는 지나가는 동네 개나 줘버리고 새로운 단어를 만들어 사용했다. 그리고 상대방이 못 알아들으면 짜증을 냈다고 한다.

그때부터 평범하지 않은 성질머리의 징조가 보였음이 틀림없었다. 다행히 온 집안의 첫째 아기였던 나의 괴상한 언어습관을 가족들은 귀여움으로 포장해서 받아들였고 다른 사람들이 알아듣지 못할 때마다 통역을 자처하며 즐겼다고 한다.

아무튼 제 맘대로 단어를 지어내던 요상한 성질머리의 아이는 닭고기를 꼬꼬뻬뻬 라는 단어로 부르기 시작했다.

꼬꼬뻬뻬는 순식간에 가계도의 한가운데서 변방으로 퍼져 나갔고 거의 모든 일가친척들이 꼬꼬뻬뻬를 표준어로 받아들이는 사태가 벌어졌다고 한다.

훗날 엄마는 꼬꼬뻬뻬는 반드시 닭만을 지칭한 것이 아니었음을 다섯 살 즈음 외가에 가서 발견했다고 한다. 외할머니는 내가 도착하기 전 미처 닭을 준비하지 못했음을 깨닫고 참새를 잡아 닭고기처럼 준비를 하셨다.

미각이 발달하지 않아 사실 토끼고기를 닭이라고 속였어도 그런 줄 알았을 어린 내게 참새고기를 밥숟가락 위에 얹어주자 눈빛을 빛내며 할머니네 꼬꼬뻬뻬는 이상하게 더 맛있네 하며 노래를 했다니 어린 시절 닭에 대한 집착은 어떤 연유였던 것일까. 새삼 궁금해지고 호기심 가득해지는 것이다.

시간이 흐르고 나이가 들면서 소화기관의 기능이 조금씩 쇠락해지자 닭의 조리방법이 튀기고 굽는 방법에서 끓이고 삶는 조리방법으로 바뀌기 시작했다.

예전에는 쳐다보지 않던 삼계탕이나 닭죽, 닭 육계장이 좋아졌다.

그런 변화가 재미있지만 한 편으로는 여전히 식재료로서의 닭에 대한 집착만큼은 변하지 않는다는 사실에 전율하고는 한다.

대체 왜 이렇게 닭에 집착하는 것인가.

전생이 있다면 닭과 어떤 관련이 있었던 것일까.

닭은 여전히 먹고 싶은 요리 리스트 상위 열 개를 채우고 있다.

🐾 레토르트 삼계탕을 순식간에 먹어 치운 뒤, 이미 조리된 닭요리의 특성상 부서진 닭 뼈가 노화현상에 의해 벌어진 이 틈새 사이에 끼어버린 탓에 치간 칫솔로 전투를 벌이던 중 떠오른 닭에 대한 단상이다.

그리고 굳이 이 이야기를 쓴 이유는 그동안 가게에서 끊임없이 닭을 주재료로 했던 요리에 대한 긴 변명이다. 그렇다. 다 읽으신 분은 알겠지만 긴 역사를 가진 치킨 집착증 환자입니다. 부디 이해해주시길.

31. 바베트의 만찬

 가게 문을 연 지 몇 개월이 되지도 않았는데 벌써 폐업을 상
상한다.

 책을 봐도 앞부분을 읽다가 줄거리가 대충 파악되고 나면 뒷
부분부터 읽고 마는 이상한 성격 때문에 늘 어떤 상황이 벌어지
면 마지막 장면을 이렇게 저렇게 상상의 무대에 올려보고는 한
다. 마음에 들 때까지.

 가게는 있는 듯 없는 듯 흘러가기 시작했다.

 새로운 손님은 띄엄띄엄 들고 나기 시작하고 극소수의 단골
들이 생겼다.

 그들은 마치 약속이나 한 듯 비슷한 성향의 사람들이었다.

주인의 평범하지 않은 성향이 손님들에게까지 영향을 미친다고는 하지만 자주 드나드는 손님들이 여기저기 앉아 있는 모습을 보자니 재미있기도 하고 웃기기도 했다.

손님들은 손님을 가려 받는 주인의 태도에 장난 섞인 비난을 하면서도 자신들이 이 가게 안에 앉아 있다는 사실에 은근한 자부심을 느끼는 듯한 태도를 취했다.

선택받은 손님.

가게를 하면서 자주 받는 지적이 손님을 선택하는 문제였다.

늘 대답은 같았다.

손님도 가게를 가려서 가잖아요.

주인이 맘에 들지 않거나 음식이 별로거나 차 맛도 그저 그렇거나 분위기가 별로거나 지저분하거나 시끄럽거나 음악이 이상하거나 온갖 이유로 안 가잖아요. 맛없으면 바로 항의하고. 가게는 그러면 안 되나요. 손님이 돈을 내면 그에 상응하는 서비스를 제공하는 가게도 손님을 선택할 권리를 가져야 공평하지 않나요. 이상한가요.

대부분 여기까지 말하면 고개를 끄덕이며 공감을 표한다.

삶의 고민과 인간에 대한 예의, 세계관, 인생관, 이름 붙일 수 있는 다양한 관점을 비슷하게 가지고 살아가는 단골들. 그들을 떠올리면 고마움과 그저 동네에서 만난 지인에 대한 감정을 넘어서는 더 깊은 애틋함이 있다.

그들은 농담 삼아 이 가게가 자신들이 칠십, 팔십이 될 때까지 있어주길 바란다고 고백한다. 마치 영화에서처럼 시간이 지나고 자신들이 늙어가도 그 지난 기억들이 촘촘하게 쌓여 있는 공간, 자신의 삶이 어느 구석에라도 녹아있는 공간이 남아있기를 바라는 마음. 그 마음이 어떤 의미인지 누구보다 잘 알고 있다.

그렇기 때문에 진지하게 나는 도저히 그렇게 긴 시간은 힘드니 바통 터치를 하듯 한 명, 한 명이 서너 해씩 맡아 운영해보는 건 어떻겠냐고 의견을 내놓는다.

그러면 다들 손사래를 치며 그건 불란서 다방이 아니지 않냐고, 자신들은 자신이 없다고 한다. 뭔가 낭만적이고 영화적인 코드를 삶 속에 하나쯤은 간직하고 싶겠지.

그들의 희망 회로에 찬물을 끼얹는 일이기는 하지만 나 역시 내가 운영하는 가게가 아닌 다른 이의 손을 빌린, 그런 공간이 하나쯤 있다면 인생이 훨씬 재미있겠다 싶다. 하지만 그들의 바람과는 달리 언젠가는 가게의 문을 닫게 될 것이다.

그날이 언제인지는 모르겠지만 닫기 전, 이 가게를 삶의 일부로 받아들이고 함께 했던 그들을 초대해서 멋진 파티를 할 계획이다.

바베트의 만찬이라는 영화가 있다.

바베트라는 여자가 덴마크의 작은 마을에 들어와 새로운 일원이 되어 살아간다. 그녀는 엄청난 행운을 만나게 되고 그 마을을 떠나기 전 자신이 할 수 있는 가장 멋진 요리를 만들기로 결심하고 마을 사람들을 파티에 초대한다.

일생을 살면서 한 번도 접해보지 못한 식재료들과 요리들을 앞에 둔 마을 사람들의 어리둥절함과 낯섦이 새로운 맛을 경험하고 생경한 식감을 편안하게 즐기기 시작하면서 화면은 마치 따끈하고 달콤한 포타주potage를 한 스푼씩 떠서 먹듯 마음이 푸근해지는 느낌을 준다.

나도 가게의 마지막 즈음, 그런 만찬을 준비하고 싶다.

아페리티프apéritif식전주부터 식후주와 곁들인 마지막 설탕 한 조각까지 원가를 계산할 필요가 없는 자유로운 메뉴로 만찬을 준비하고 싶다.

한 번도 먹어보지 않은, 상상도 못했던 요리들을 만들고 접시에 담아 나가면서 그들이 지어낼 표정을 상상하면 즐겁다 못해 내일 당장이라도 폐업을 선언하고 싶어진다.

내가 만든 음식을 한 입 넣고 난 후 그들의 눈빛에서 어른거릴 만족감을 찾아 읽어내고 싶다. 그들이 메뉴를 끝내고 나서 아쉬움으로 내쉬는 작은 한숨에 미소 짓고 싶다. 이미 과식이지만 도저히 멈출 수 없다고 투덜거려도 웃으면서 다음 메뉴를 준비하고 싶다. 냄새만으로도 지독한 프로마주를 바게트와 꿀로 맛있게 먹는 모습을 보고 싶다. 세상에서 가장 지독하게 쓰고 독한 커피를 어떻게 마시는지 보여주고 싶다. 마지막에는 독한 식후주에 설탕 한 조각을 살짝 담갔다가 혀로 녹여먹는 기억을 만들어주고 싶다.

그리고 폐업 선언을 할 것이다.

아마도 눈물이 흐를까.

그들 중에는 유난히 눈물이 많은 이가 있다.

내 눈이 붉어지는 걸 보며 먼저 울음을 터뜨릴 수도 있다.

그를 쳐다보지 않고 선언할 것이다.

다방은 문을 닫습니다!

그동안 고마웠습니다!

32. 결혼기념일과 곰탕

정식으로 오픈하기 전 일종의 수습기간이 필요했다.

대상은 나의 실수에도 웃으며 넘길 수 있는 아량과 날카로운 조언을 기분 좋게 할 만한 애정과 초보 주인에 대해 조바심을 내지 않을 만한 여유를 갖춰야 했다.

다행히 그 조건에 부합하는 티 클래스 회원들과 친구들, 가족들이 일주일 동안 프리 오픈에 팀을 나눠 참석하기로 했다.

평소 스스럼없고 애정이 가득한 관계라 해도 가게 초보 주인으로서의 긴장감과 초조함은 손끝까지 저리게 했다.

그렇게 프리 오픈 때 음식으로 고문을 받다시피 한 지인들에게는 가게가 어느 정도 안정권에 들어간 이 시점까지도 미안한 마음이 가시지 않았다. 마치 운전면허를 따자마자 사람들을 차에 태워 먼 거리를 가자고 제안한 셈이었는데도 예의 바르고 반듯했던 그들은 그 누구도 거절하지 못한 채 난감함을 담담하게 받아들였다.

우여곡절의 프리 오픈은 이 가게에서의 요리는 불가능이라는 결론에 이르게 했다.

불란서 다방은 이름 그대로 다방의 역할만 할 예정이라고 매일 밤 자기 전 기도하듯 읊조렸다. 그저 다방일 뿐이다.

프리 오픈이 지나고 정식 오픈이 시작된 어느 날.

중년 부인이 문을 천천히 열었다.

여기가 가게이며 나는 가게 주인이며 이 곳은 영업을 위한 장소라는 정체성을 체화하지 못한 나는 그저 그 부인을 멀뚱멀뚱 바라봤다. 마치 남의 집에 슬그머니 들어오는 사람을 의아하게 바라보듯.

여기 뭐하는 곳이에요?

'아. 그러게요. 뭐 하는 곳인지. 아~ 저도 대체 뭐 하고 있는 건지 잘 모르겠네요.'

오픈하고 거의 하루에도 몇 차례씩 듣는 질문이었다. 여기는 뭐 하는 곳인가. 가게의 정체성에 대한 질문이었는데 나는 자

주 나의 정체성에 대한 질문으로 받아들였다. 과연 내가 여기
서 뭘 하고 있는가에 대한 근원적인 고민을 손님에게 털어놓고
는 했다.

손님 입장에서는 엄청 황당했을 터였다. 단지 이 가게에서 뭘
살 수 있는지, 뭘 먹을 수 있는지 궁금했을 뿐인데 주인이라는
사람은 세상 근심어린 표정으로 도대체 나는 누구인가. 여긴 어
딘가. 하는 철학적이고 애매모호한 답변을 늘어놓고 있으니 손
님들이 나가서 저기, 새로 생긴 가게 말이지. 그 가게 주인이 제
정신이 아닌 것 같더라. 라는 소문이 돌아도 뜬소문이라고 변명
할 처지도 못 되었다.

아니나 다를까 그 질문을 받자마자 또 예의 그 표정과 먼 곳을
응시하는 듯 영혼 없는 눈빛으로 대답을 시작했다. 홍차도 팔고
와인도 마시고 티클래스도 하고 프랑스 가정식(이 부분부터 목소
리가 잦아들었다)도 하기는 하는데요…. 다 할 자신은 없고요. 일
단은 홍차를 전문으로 하기 때문에 다방이거든요.

대답을 하는 건지 혼자 넋두리를 하는 건지 알 수 없는 답변
이었다.

매일 지나다니면서 여기를 봤어요. 이 큰 테이블 들어오던 날
도 기억해요. 힘들게(웃으며) 들여오시던데… 그럼 언제부터 식
사 가능한가요?

당분간은 못 하지 싶어요. 일단 홍차부터 시작하려고요.

아쉽네요. 전 홍차가 맞지 않아요. 의사가 카페인 섭취를 중단하라고 했거든요.

홍차의 카페인은 커피보다 적은 편이라고 설명해주고 싶었으나 그의 완고해 보이는 표정을 보자 포기, 그저 고개를 끄덕이며 대답을 대신했다.

전 여행을 많이 다니는데 이런 작고 아담한 가게를 좋아해요. 얼마 전에 교토에 다녀왔는데요. 거기는 하루에 식사를 딱 열 명만 예약받고 이런 큰 테이블에 다 같이 앉히더라고요. 처음에는 어색했는데 모르는 사람들과 어깨를 맞대고 식사를 하다 보니 모르는 사람과도 이런저런 이야기를 나누게 되더라고요. 마치 작고 비밀스러운 사교 모임 같은, 그런 경험이 참 좋았어요. 가게 같지 않은 느낌. 어느 집에 초대받은 듯한 아늑한 느낌. 여기도 딱 그런 느낌이네요. 아무튼 식사는 언제부터 다시….

시작하게 되면 가게 앞에 공지하겠습니다.

말로는 가정식을 다시 시작하겠노라고 큰소리를 쳤지만 자신이 없었다. 나도 나 자신을 믿을 수 없었다. 프리 오픈 때의 그 많던 설거지와 요리 준비를 떠올리면 한 끼에 수십 만 원을 지불한다고 해도 해낼 자신도 의욕도 일지 않았다. 내가 먼저 살고 봐야 했다.

사실 설거지도 설거지지만 낯선 부엌 환경 때문에 도무지 요리를 할 수가 없었다.

집보다 훨씬 낮아진 싱크대는 설거지도 칼질도 힘들게 만들었다. 달라진 각도 때문인지 갑자기 칼들이 무뎌져서 파 한 줄기 썰기에도 힘이 들었다. 마치 모르는 사람이 봤다면 처음 칼질을 배운 사람으로 보일 만큼 요리하는 과정이 내내 어설프고 엉성했다.

양념들과 재료들은 찾기 쉽게 한데 모아 담아놓았는데도 필요할 때마다 숨바꼭질하듯 숨어버렸다. 양념을 찾다가 과열된 프라이팬 안의 재료들은 타다 못해 불이 붙을 지경이었고 나무 주걱을 찾아 두리번거리다가 재료가 눌어붙는 일이 허다했다. 급한 마음에 달궈진 팬을 덜컥 잡아 올렸다가 데거나 집에서 쓰던 히말라야 소금 대신 노르망디의 굵은 소금을 습관대로 뿌리고는 결국 음식을 버려야 했다.

그런 엉망진창의 과정을 계속 반복하다 보니 요리에 자신감도 떨어지고 과연 요리를 해야만 하는지 근원적인 물음에 봉착할 수밖에 없었다.

'요리는 무슨. 그냥 홍차와 와인이나 하자.'

그러자 주변에서 불만이 쏟아졌다.

프랑스 가정식을 한다고 하지 않았나. 늘 하던 대로 하면 될 것 아닌가.

그들의 관심과 잔소리가 때로는 고마웠고 자주 무거웠다.

초반에 의욕만 넘쳐 이것저것 다 하겠다고 약속한 내가 어리석었다고 고백하고 자숙의 의미로 요리를 중단할 수밖에 없었다. 그게 자숙인지 뭔지는 해석하기 나름이지만.

비가 내리는 주말 아침.

그 부인이 남자분과 함께 가게 문을 열고 들어왔다.

기억하세요? 네, 맞아요. 지나는 길에 남편이랑 왔어요.

홍차는 못 드신다고 하셨죠. 허브로 드릴까요. 과일과 꽃으로만 만들어져서 카페인이 없으니 괜찮으실 거예요.

남편은 홍차 마실 수 있어요. 권해주세요.

제 아내와 제가 영화를 보고 바로 와서 좀 배가 고프네요. 뭐 요기할 만한 게 있을까요?

남편을 위해 마리아주 프레르의 마르코폴로와 크로크무슈 croque monsiuer 프랑스 샌드위치를 준비하겠다고 하고 부엌으로 돌아왔다.

부부는 방금 전 보고 왔을 영화에 대해 이야기를 나누기 시작했다. 목소리는 작았지만 힘이 있었고 내용은 철학적이었다. 가끔씩 귀에 들어오는 단어만으로 대충 어떤 분위기의 영화일지 가늠만 할 뿐 정확하게 무슨 영화인지는 감도 잡히지 않았다. 부부는 영화의 뒷부분을 이야기하는 것은 영화를 보지 못한 내게 무례한 짓이라고 단언하며 영화에 대한 이야기를 마무리했다.

그 영화를 볼 계획이 전혀 없는 나로서는 뒷부분이 너무 궁금해서 얘기를 마저 듣고 싶다고 조르고 싶은 마음이었으나 주인으로서 체면을 지키기 위해 그저 고상한 척 미소만 지었다.

'제발 얘기해 주세요. 이 홍차와 티푸드, 기브 앤 테이크로요.' 속말을 하며 차와 티푸드를 내었다.

오스트리아의 씨씨라는 이름을 가진 허브 인퓨전herb infusion과 마르코 폴로를 한 모금씩 마신 부부는 각자의 차가 얼마나 맛있는지 서로에게 설명을 하기 시작했다. 나는 차라리 한 모금씩 서로 맛을 보는 것이 낫겠다 싶었지만 그들의 방법은 그들만의 방법이므로 서로에게 묘사하는 차의 맛과 향을 나 역시 들으면서 그 맛과 향을 복기하고 있었다.

그리고 심혈을 기울여 만든 크로크무슈를 구워 먹음직스럽게 접시에 올린 뒤 냈다.

그들이 먹기 시작하고 나는 설거지를 시작했다.

저기, 사장님, 이거 뭐라고 하셨죠? 남편분이 고개를 돌려 나를 불렀다. 고무장갑을 재빠르게 빼놓고 혹시 무슨 문제라도 생겼는지 걱정스러움이 섞인 표정으로 다가갔다.

저희가 외국에서도 오래 살았지만 이건 처음 먹어보고 너무 맛있네요. 진심입니다.

크로크무슈라는 이름에 대해 설명하는 내 얼굴은 약간 상기되었다.

사장님. 혹시 5월 5일에 문 여시나요. 그날 저녁을 먹을 수 있을까요.

죄송합니다. 아직 요리를 시작하지 않아서 계획이 없습니다만.

부탁합니다. 그날이⋯ 결혼기념일입니다.

혹시나 기념일에 누가 될까, 특별한 날이라는 부담감에 답을 선뜻할 수 없었다. 대화는 그렇게 두루뭉술하게 흘러갔다. 나는 나대로 거절로, 그 부부는 그 부부대로 긍정으로 이해하고 있었다. 물론 후에 알게 된 사실이지만.

두 사람은 접시와 잔에 남아 있던 마지막 한 모금까지 마신 후 일어났다. 계산을 마친 남편분이 가게 안에 서서 영수증을 한참 들여다봤다.

혹시나 계산이 잘못된 건가.

사장님. 성함을 찾았습니다. 그럼 5월 5일 뵙겠습니다.

내가 미처 거절의 뜻을 알리기도 전에 그들은 가게를 나섰다. 이미 늦었다. 그리고 5월 5일은 너무나 멀었다. 그 걱정은 그때 가서 하기로 했다.

그들은 5월 5일 약속을 5월 5일 아침에 취소했다. 그리고 가게 단골들이 맵고 짠 게 먹고 싶다는 나를 위해 아귀찜을 사 들고 와 판을 벌이던 어느 날 저녁, 남편 분이 한 번도 볼 수 없던 후줄근한 추리닝(트레이닝이 표준어지만 그 맛이 살지 않는다)을 입고 나타났다. 당황한 나는 가게 문을 닫은 상태이며 지금은 식사 중이어서 손님을 받을 상황이 아니라고 완곡하게 만류했으나 그분은 맥주 한 병만 마실 테니 신경 쓰지 말라며 극구 자리를 잡았다. 맥주를 내면서 부인의 근황에 대해 묻자 기운 없는 목소리로 곰탕을 잔뜩 끓여 놓고 유럽으로 간 지 꽤 되었다고 했다. 햇반과 곰탕이 지겨워져서 나왔으며 저번에 먹은 크로크무슈가 너무 맛있어서 주변 빵집을 뒤졌지만 찾을 수가 없었고 대신 프랑스 빵인 크로아쌍을 사 왔다고 했다. 시간이 지나고 그분은 테이블에 맥주 가격과 팁으로 크로아쌍을 올려놓고 유유히 가게를 떠났다.

33. 그때의 나를 마주한 시간

　지난 토요일부터 시작된 중국 발 미세먼지에 대한 경고가 일주일이 지나도 계속되고 있었다. 안개가 가득한 것처럼 시계가 선명하지 않았고 낮인데도 먼지로 뒤덮인 하늘은 어두웠다. 사람들은 집 밖으로 나오기를 꺼렸고 공원에 산책하는 사람은 찾아보기 힘들었다. 간간히 보이는 행인들은 마스크를 착용한 채 목적지를 향해 급하게 걸었다.

　한적한 오전, 소음도 없는 적막한 시간.

　사람들 안에 있었지만 혼자 남은 것만 같은 그런 날이었다.

　그런 날이면 밀크티 베이스를 만들기에 적당했다.

　헤로게이트의 요크셔골드를 꺼냈다.

　아쌈으로 만든 작은 조각들이 오랜 시간 삶아지면서 비릿한 향기와 습한 기운을 뿜어내는 터라 손님이 있을 때는 좀처럼 만들 수가 없었다. 물론 그 홍차 잎의 비릿한 향과 습한 느낌을 좋아하는 사람들도 있기는 했지만 일일이 물어보면서 끓일 수는 없는 일이었다.

깊은 냄비에 물과 저울로 계량해놓은 아쌈 조각들을 넣고 불을 켰다. 하이라이트는 인덕션과 달리 달궈지기까지는 꽤 오랜 시간이 걸렸으나 은근하고 묵직하게 끓여내기에는 적합한 조리 기구였다. 아마도 끓기까지 꽤 오랜 시간이 걸릴 것이다.

물이 끓어오르기도 전에 부풀어 오르기 시작한 아쌈 조각들을 주걱으로 슬슬 저으며 건물 사이사이로 비치는 흐린 날의 풍경을 내다보고 있었다.

그때, 창 밖 내리막길의 무대로 유모차와 젊은 부부가 내려오다가 눈이 딱 마주쳤다. 호기심 어린 눈길. 그들은 가게와 연관될 만한 게 없어 보였다.

뒤돌아 수면 위를 가득 메운 아쌈 조각들을 주걱으로 살살 가라앉히면서 슬쩍 문을 보니 좀 전에 눈이 마주쳤던 그 부부가 가게 문 옆에 세워둔 칠판을 읽고 있었다. 그리고 약간의 시간이 흘렀을까. 유모차를 다시 되돌려서 가게 앞을 빠져나가는 모습을 보며 마지막 줄에 있었던 '어덜트 공간입니다'를 읽었다고 짐작했다.

첫 번째 토요일은 하루 종일 비릿한 밀크티 베이스가 만들어내는 쌉쌀함으로 가게뿐만 아니라 가게 앞 길 통로까지 가득 채워졌다.

그리고 두 번째 토요일.

그즈음 주말에는 어김없이 손님보다 미세먼지가 먼저 찾아왔다. 뿌옇고 칼칼한 날이 계속되자 길에는 행인조차 없었다. 가게는 이때다 하고 밀크티 베이스 공장으로 변신을 준비하고 있었다.

매번 만들 때마다 결과물은 고작 네 병에 불과했다. 네 병을 위한 수고는 많은 양을 만들 때와 별 차이가 없었다. 그래서 이번에는 좀 더 많은 양에 도전해보려고 종이와 펜을 꺼내어 처음의 물의 양과 조려냈을 때의 물의 양을 계산하고 아쌈 조각들의 무게를 재고 마지막에 투하될 유기농 원당의 양을 재서 따로 담아놓았다.

냄비에 계산한 양의 물을 넣고 아쌈 조각들을 넣어 끓이기 시작했다.

물을 머금은 아쌈의 작게 찢어지고 꼬이고 말린 조각들은 마치 냄비를 탈출이라도 하려는 듯 물의 표면적을 가득 메웠다. 마치 하늘에서 공중 낙하하는 낙하산 부대의 펼쳐진 낙하산처럼 물은 아쌈의 펼쳐진 날개로 가득했다.

낙하산 부대와는 달리 가라앉지도 않은 채.

물이 끓기 시작하면 비로소 부유의 힘을 잃어버리고 온몸이 젖은 채 바닥으로 가라앉아 자신이 가진 아쌈으로서의 개성과 정체성을 물에 투항하듯 죄다 내어놓는다. 더 이상 아무것도 나오지 않을 때까지. 그렇게 빈껍데기가 된 아쌈 조각들은 잔뜩 부푼 채 냄비의 한쪽 공간을 차지한다. 나중에는 그 부푼 잔해마저 착즙기에 의해 마지막 한 방울까지 쥐어짜지는 신세가 된다. 알뜰하게도 사용되는 아쌈 조각들. 고맙고도 실용적인 아쌈이여.

아쌈에 대한 감동적인 대서사시를 읊고 있던 차에 문이 열렸다. 딸랑.

지난 토요일, 미세먼지를 뚫고 산책을 하다가 눈이 마주쳤던 그 부부, 밖에 있던 칠판의 불친절한 문장들을 꼼꼼히 읽고 돌아섰던 그들이었다. 유모차와 함께.

습기와 비릿함으로 가득한 공간에 기대하지 않았던 새로운 긴장감이 느껴졌다.

어서 오세요.

차 마실 수 있나요.

네. 그럼요. 이쪽으로 앉으세요.

좁은 가게라 유모차를 놓기에 적당한 자리를 눈으로 물색하며 몇 개 안되는 테이블 중 하나를 가리켰다.

아침 내내 끓고 있는 아쌈의 밀크티 베이스가 만들어낸 최면 효과였을까. 그들은 메뉴판을 보자고 하지도 않고 선뜻 밀크티를 주문했다. 따뜻한 밀크티 한 포트를.

어덜트 공간이라고 써 놓은 문장 때문에 몇 번이나 망설이고 고민하다 들어올 수밖에 없던, 아기를 유모차로 밀어 미세먼지 속에서도 산책을 할 수밖에 없던 부부를 보자 나의 그 시절이 기억의 수면 위로 떠올랐다.

즐거웠지만 힘들었고 슬프고도 행복했던 그때.

모성애는 여자에게 선천적으로 장착되는 기본 옵션인 줄만 알았던 그때.

아이의 웃음을 보면서 함께 미소를 짓다가도 갑자기 밉고 도망가고 싶던 그때.

아이와 남편이 내 발목에 무거운 쇠사슬을 채운 것처럼 꿈속에조차 자유롭게 뛸 수 없던 그때.

가족이라는 단어와 주부, 엄마의 호칭에 갑자기 심장이 두근거리며 숨이 쉬어지지 않았던 그때.

육아서와 교육서가 알려주는 부모로서의 자세와 현실의 큰 간극으로 인해 좌절감과 죄책감이 가득했던 그때.

거울을 볼 때마다 내가 아닌 다른 사람이 초췌한 눈길로 쳐다

보고 있는 것만 같았던 그때.

사라진 내가 어디 있는지, 과연 예전의 나를 찾을 수는 있을지 의심으로 가득했던 그때.

점점 초라해지고 있는 나와는 달리 번듯한 남편의 삶이 부럽기만 했던 그때.

아이들이 점점 자라면서 엄마로서 부족한 나를 알아채는 건 아닐까 끊임없이 불안해하던 그때.

그들로부터 시작된 생각은 나의 그때로 영화처럼 이어졌다. 감정이 북받쳤다. 다행이었다. 가게는 비릿한 향과 높은 습도로 적당히 축축하고 향기로웠다. 눈가가 붉어지고 살짝 눈물이 맺힌다 해도 그건 다 끓고 있는 밀크티 베이스 때문이라고 느껴질 것이다.

밀크티를 저으면서 따가운 눈을 꾹 눌렀다.

그걸로 용암처럼 올라오던 감정들이 멈췄다.

부부에게 달콤하고 향기로운 밀크티를 주고 싶었다. 만들던 밀크티에 마리아주 프레르mariage frères의 웨딩 임페리얼wedding imperial을 한 스푼 더 넣었다. 그러자 순식간에 달콤한 캐러멜향이 끓어올랐다. 그리고 유기농 머스코바도 두 스푼을 넣었다. 아마 세상에서 가장 달콤한 밀크티가 될 것이다.

홍차를 끓이는 냄샌가요. 향이 너무 좋아서요. 멀리까지 나서. 어덜트 공간인데도 들어왔습니다.

들어온 이유를 설명하는 부인 앞에 말없이 웃으며 밀크티를 따랐다.

아. 너무 맛있네요. 부인은 작은 한숨을 내쉬며 말했다.

세상에서 가장 부드럽고 달콤한 밀크티가 잠시라도 그에게 자유로움을 주길, 그때의 내게 누군가가 해줬더라면 좋았을 기억이 되길, 짧은 시간 동안이나마 달콤함을 마시며 자신을 기억하고 다시 현실로 돌아와 힘을 내는 계기를 되길 바란다면 내 욕심일까.

내가 그에게 밀크티를 따랐지만 그 순간만큼은 그때의 내게 밀크티를 낸 것만 같은 느낌이 들었다. 그때의 나를 지금의 내가 위로하는 것만 같았다.

부부는 잔을 들고 서로를 바라보며 웃었다.

난 펄펄 끓어오르는 밀크티 베이스의 불을 끄고 뚜껑을 덮었다.

그들과 그들이 데려다준 그때의 내가 온전히 자유로워질 때까지 습기와 비릿함을 멈췄다. 가게 안은 에릭 사티eric satie의 피아노 소리만 가득했다.

34. 서울에서 왔는데요

가게 문을 연 지 한 달 즈음. 그리고 화요일.

손님이 없었다. 지도에서 우리 가게가 사라져 버린 듯 사람들도 시선 한 번 주지 않은 채 가게 앞을 지나갔다. 어쩌면 날 제외한 모든 이의 뇌리에서 불란서 다방이라는 단어가 삭제된 것이 아닐까 싶은 날이었다.

하루 종일 친구 한 명이 나와 마주 앉아 졸다 깨다를 반복하다 지루한 시간을 견디지 못해 뛰쳐나간 뒤로는 행인의 그림자만 어른거릴 뿐 이게 과연 영업장소인지 혼자 노는 작업실인지 구분이 안 되는 날이었다.

나와는 달리 주변의 가게는 들고 나는 사람들이 많았다.

나는 언제쯤 바쁘고 부산해지려나. 다들 시간이 지나면 나아진
다니까 그러려니 하는 마음에 여유를 갖다가도 어느 순간, 내가
왜 이 골방 같은 공간에 갇혀 뭐하고 있는 건가 싶은 생각에 가
슴이 답답해지고는 했다. 하지만 그것도 잠깐 아직은 혼자서 그
공간을 차지하고는 맘대로 책 보고 그림 그리고 글 쓸 때면 오롯
한 나만의 공간을 가지고 있다는 행복감이 더 컸다.

해가 지고 나면 전체 조명을 껐다. 스탠드 조명만으로 실내
를 밝혔다.
그럴 때면 새로운 공간에 들어선 것 같은 느낌이 들었다.
조명을 바꾼다는 것은 그 시간 이후로 홍차는 들어가고 저녁의
주 메뉴는 와인이라고 말하는 것과 같았다.
술을 잘 못하는데도 조명을 바꾸고 나면 저녁은 늘 한 모금의
와인으로 시작했다. 마치 습관처럼 시작되었지만 나중에는 어
떤 의식처럼 느껴졌다. 못 마시는 와인이라도 꾸준하게 일정 시
간에 한 잔을 마시기 시작하자 어느 순간 한 잔으로는 기분 좋은
상태의 취기가 느껴지지 않았다. 그렇게 한 잔, 두 잔. 술이 확실
히 늘고 있었다. 이렇게 주인이 와인 한 모금 두 모금 마시면서
취해가는 가게도 있을까?

술에 취하지 않고서는 하루 종일 내게 배당된 지루함을 이겨 낼 수 없었던 그 날, 해가 건물 뒤로 사라지기 시작했고 최면에 걸린 듯 무표정하게 일어나 벽에 있는 전체 조명의 오프 버튼을 누르자 가게 안은 어두워졌지만 이내 아늑하고 근사한 공간으로 바뀌었다.

주인은 식사용 작은 와인 잔에 진판델zinfandel 포도로 만든 미국 와인을 가득 따랐다. 그리고 입술로 가져가 조금씩 아껴가며 홀짝거리기 시작했다.

갑자기 벌떡 일어나 멋진 여자가 담배를 피우며 피아노를 연주하는 사진이 있는 앨범 재킷을 찾아 시디 플레이어에 넣고 플레이 버튼을 눌렀다.

음악이 흘러나오자 고개를 끄덕이며 손에 든 와인 잔을 내려다보며 세상에서 가장 행복한 사람이 지을 법한 표정을 만들었다.

작은 공간 각 모퉁이에서 간접조명을 담당하고 있는 스탠드의 따뜻하고 부드러운 빛은 살짝 취해가고 있는 얼굴색을 더욱 불그레하게 만들었다.

누군가 있어야 하지만 아무도 없는 가게에서 주인은 혼자 분위기에 취하고 있었다.

요리 책도 들춰보고 음악에 맞춰 슬렁슬렁 춤도 추고 노래도 따라 부르다가 어느 순간, 지겨움이 다시 엄습했다. 잔에 남은 몇 모금을 한 번에 꿀꺽 삼키고 입가를 손 등으로 스윽 문질렀다. 손 등에 벌건 액체가 주름을 따라 혈관처럼 번졌다.

손님이 없었으니 정리할 것도 없었다. 잔을 개수대에 넣어 놓고 스탠드만 끄면 될 일이었다.

문을 닫고 느릿느릿 걸었다. 집은 지척이었다. 가게 바깥공기는 새로운 기체처럼 신선하다 못해 낯설었고 이 거리를 마음껏 다녔던 지난 시간에 대한 부러움으로 갑자기 과거의 자신에 대한 질투심이 생겨 버렸다. 현재의 내가 과거의 나를 부러워하고 있었다. 공기는 서늘했지만 바람은 보드라웠다.

집의 현관문을 열자 집 안은 컴컴했고 고양이들은 새삼 반가운 소리를 냈다. 거실 천장의 샹들리에 조명을 켜자 고양이들이 기지개를 켰다. 하루 종일 인간이라고는 없는 집 안에서 잠만 자거나 기껏해야 이 층으로 연결된 계단이나 뛰어다녔을 고양이들의 하루가 시작되는 몸짓이었다. 오랜 여행 끝에나 볼 수 있는 고양이의 나른한 인사였다.

손님은 없었지만 즐거운 하루였다며 고양이들을 향한 혼잣말을 했다. 그게 오히려 더 쓸쓸하게 느껴졌다. 씻고 침대의 바스락거리는 시트 속으로 들어가면 다시 행복해질 거라는 생각이 들었다.

서둘러 화장을 지우면서 침대에 누워 맥주 한 잔을 더할까 하는 생각을 하고 있을 때 전화가 울렸다.

모르는 번호다.

저, 불란서 다방 사장님이시죠?

'택배인가 보군. 늦으셨네' 경비실에 맡겨 달라고 할 참이었다.

문을 닫으신 건가요? 10시까지 한다고 들었는데요.

10시까지 한다고… 제가요? 그런 말을 한 적이…

제가 서울에서 왔거든요. 맛있다고 들어서요. 일찍 왔는데 찾기가 힘들어서… 꽤 돌아다녔어요. 간신히 경비실에 가서 여기인 거 알고 왔는데… 문을 닫으셔서… 하아… 어쩌지. 다시 못 나오시죠?

네? 맛있다고 들으셨다구요? 뭐… 가… 요?(홍차를 내가 따서 발효하는 것도 아닌데 어떻게 그럴 수가. 그나저나 난 나갈 수 없다. 지금 난 단호해져야 한다) 죄송합니다.

음… 할 수 없죠. 온 김에 저 쪽 카페에서 커피나 마시고 가야겠네요. 다른 날은 밤 10시까지는 계시는 거죠? 고속도로가 많이 막혔거든요.

(10시까지라니. 자신 없다. 있겠다고 단언하면 안 된다) 아. 죄송해서 어쩌죠?

아쉽지만 다음에 다시 올게요. 그때 뵙죠.

얼굴도 이름도 모르는, 서울에서 그 거리를 손수 운전해서 온 손님은 팔자에도 없는 동탄 공원길의 수많은 카페 중 한 곳에서 야밤의 커피를 마셨을 것이다.

그 손님이 누군지 지금까지도 궁금하다. 조금 시간이 지나고 그저 순전히 내 느낌으로만 손꼽는 손님 중 한 명일 거라고 추측하고 있을 뿐이다.

그것도 인연이면 인연이랄까.

그날의 지루함과 일상의 고요함은 나를 지루하게 만들었고 살짝 취하게 만들었고 일찍 문을 닫게 만들었고 그리하여 만날 수도 있었던 새로운 인연과 엇갈리게 만들었고 그에게는 낯선 동네 커피 집과의 새롭고 기이한 인연을 만들어 냈다. 마치 작은 나비의 날개 짓이 일으킨 인연의 나비효과랄까. 아마 만나면 안될 인연이었는지도 모르지.

그날 밤, 나는 얼굴을 모르는 어떤 누군가에게 그윽한 향의 중국 홍차, 기문keemun을 우려 웨지우드의 리leigh 잔에 따라 주었다.

아마 당신이었을 게다.

용기를 내어 추정되는 그 인물에게 메시지를 보냈다. 친절하고 예의 바른 말투로 본인이 아니라고 부정해주었다. 그런 후 미안했는지 예약에 대해 문의했다. 나는 마치 신종 호객행위처

럼 가게로 유인하는 것 같은 메시지로 오해하게 만든 건 아닌지
걱정이 되어 극구 만류했다. 나의 거절이 너무나 단호했는지 그
의 머쓱해진 이모티콘으로 이뤄진 대답 후에는 소원했던 관계
가 더욱 소원해진 불상사를 낳았다. 아. 묻지 말걸.

35. 호박잎을 좋아하세요?

가게를 하기 전에도 규칙적인 식사 습관을 가지고 있지는 않았지만 가게 문을 연 이후에는 식사 시간이 더욱 불규칙해지고 습관은 난폭해졌다.

손님의 유무와 상관없이 가게를 나오면 오전 내내 쓸데없이 바쁘다가 오후 늦게서야 이것저것 입에 욱여넣었다.

식사 속도가 심하게 빨라졌고 짧은 시간, 많은 양을 밀어 넣었다.

음식의 재료를 씹고 맛을 보고 하는 과정은 생략한 채 눈으로만 확인한 재료는 익힘과 간의 정도를 느끼지도 못한 채 식도를 넘어가 위를 가득 채웠다.

　이상할 정도로 먹고 또 먹고 위가 가득해져서 울렁거릴 정도
가 되어도 허기가 가시지 않았다. 늘 허기졌다. 항상 배가 고픈
느낌이 집요하게 불안감을 만들어냈다.

　음식을 하면서 티푸드를 만들면서 수시로 집어먹었다.

　예전에는 상상도 하지 못할 일이었다.

　조금만 먹어도 포만감이 있었고 탄수화물에 대한 공포가 심
했다.

　변화된 조건이라면 집에서 가게로 공간적인 변화 밖에는 없
는데도 식습관과 식사량과 식사에 대한 자세가 정반대로 치달
았다.

　또 끊임없이 매운맛을 원했다.

　매운맛에 대한 욕망을 도저히 참아내기 힘들 때는 가게 바로
옆 편의점으로 달려가 맵다 싶은 메뉴들을 주섬주섬 골라 한 입
씩 먹고는 접시에 던져 놓고는 했다. 이래저래 죄책감만 안겨
줄 뿐이었다.

　그리고 저녁때쯤 청소와 마감을 하고 집에 들어가는 순간. 그
순간부터 마치 하루의 피곤함과 허기를 보상이라도 받겠다는
듯이 냉장고를 비우려고 작정한 사람처럼 걸터듬 해댔다. 숨을
쉴 수 없을 만큼 목 끝까지 음식물이 차오르면 그제야 손을 놓
았다. 그리고는 씻고 나서 바로 침대 속으로 기어들어가는 수

순이었다.

　최악이었다.

　손님들은 지인으로부터 서서히 새로운 얼굴로 대체되고 있었
다.

　지금까지도 이해가 잘 안 되는 부분이기는 한데 몇몇의 지인들
은 가게를 연 나에 대한 것인지, 내가 하는 가게에 관한 것인지
알 수 없는 불편한 감정을 가지고 있는 것처럼 보였다.

　그 문제를 찬찬히 고민해 볼까도 했지만 손에 익지 않아 서툴
기만 한 가게 운영과 티클래스, 가정식 메뉴와 사도 사도 채워지
지 않을 것만 같은 물품의 구매 등 제반 문제가 산적해 있는 터
라 마음의 틈이 나질 않았다. 사실은 그 문제에 관해 골몰하고
싶지 않았다. 그저 모른 척 돌아가고 싶었다. 가뜩이나 내 앞에
쌓여있는 문제들로 인해 정신없는 중에 혼자 생각하고 혼자 오
해한 결과로 상처라도 받게 되면 앓아눕기도 어려웠다.

　새로운 인연들은 낯설고 유쾌하고 조용하고 다정했다.

　십 년 동안 살면서 단 한 번도 마주치지 못했던 얼굴들이었다.

　그 얼굴이 그 얼굴인 좁은 동네인 데다 학연, 지연으로 얽히고
설킨 지역이라서 집에 숟가락 숫자까지는 몰라도 얼굴은 어설

프게나마 알고 있겠지 싶었는데 낯선 동네에서 장사를 시작하듯 들어오는 손님마다 낯설었다. 그런 낯섦이 시간 시간을 기분 좋을 정도로만 팽팽하게 조였다.

어느 오후였다.

그날은 유난히 날씨가 흐리고 어두웠다.

가게 안에 히터를 한껏 올려놓고도 어깨가 움츠러드는, 실제 추위보다 마음이 스산해지는 음산한 날이었다. 날씨 탓인지 밀크티 주문이 밀려있었다.

그리고 늦은 오후가 되자 가게가 비었다. 썰물이 빠져나가듯 한꺼번에 좁은 공간이 헐렁해지자 더욱 쓸쓸해졌다. 그때, 문에 달린 풍경이 딸랑하고 울렸다.

고개를 숙이고 폰을 들여다보다 시선을 돌리자 키가 크고 서글서글한 표정의 손님이 들어왔다. 며칠 전인가 친구 한 명과 함께 밀크티를 마시고 간 손님이었다.

본래 얼굴에 미소가 가득한 건지 기분이 유난히 좋은 건지 생글거리며 바에 와서 앉았다.

혼자 오셨나 봐요.

네. 밀크티 주세요.

밀크 팬을 불에 올리고 물을 계량하고 찻잎을 꺼내오고 우유를 계량하는 동안 손님은 날씨와 가족, 친구, 이 동네에 대해 가벼운 한숨 같은 이야기를 쏟아냈다. 그리고는 내게 묻기 시작했다. 어떤 손님이든 궁금해하는 이야기였다.

가게를 연 후에 하도 반복해서 이제는 영혼을 우주로 보낸 후에도 입에서 줄줄 나올 만한 이야기를 해줬다.

그는 웃으며 맞장구를 치고 중년 여성의 오해에 대해 공감하고 경력 단절 여성이 갖는 고달픔에 대해 한숨을 쉬었다.

그는 밀크티를 따르다가 문득 내 얼굴을 한참 들여다보더니 말했다.

사장님, 제가 매일 오후에 와도 될까요. 필요하시면 제가 가게를 봐 드리는 동안 한숨 눈을 붙이시든가, 장을 보시든가, 친구를 만나고 오셔도 되는데… 손님이 없는 시간에 가게를 봐 드릴게요. 아니 설거지를 해드릴게요. 아뇨, 아뇨, 부담 갖지 마세요. 제가 이래 봬도 설거지는 꽤 잘해요. 손이 빠르거든요. 하하하. 무슨 사모님이요. 제가. 저 사모님 소리 들을 사람 아니에요.

그는 큰 키에 가게에서 알바를 하기에는 손님이 어려워할 스타일이었다. 하지만 그가 어떤 마음으로 그런 말을 하는지 너무나 잘 알고 있었다.

반년 전 내 마음이었다. 나도 절박했었다. 누군가가 손을 내밀어주길 바랬다. 그 손이 빈손이더라도 그 손을 통해 내가 뭔가 필요한 존재라는 사실을 확인받고 싶었다. 그런 마음이었다. 하마터면 잘 모르는 사람 앞에서 손을 잡고 와락 울 뻔했다.

그냥 오세요. 책을 가져오시거나 여기에 있는 책을 보셔도 되고요. 그림 좋아하시면 그리셔도 돼요. 원하시는 테이블에 자리 잡고 아무것도 안 드셔도 돼요. 그냥 앉아서 하고 싶은 거 하세요. 가끔씩 제가 만드는 티 푸드나 요리의 맛이나 봐주세요. 그게 지금 제 가게에서 가장 필요하고 중요한 일이에요. 부탁드려도 될까요.

그렇게 그는 가게의 무보수 알바가 되었다.

매일 오후가 되면 그는 수줍은 웃음으로 인사를 대신하며 문을 들어섰다. 알고 보니 그는 본래 미소가 많은 사람이었다. 나와는 달리. 나의 무뚝뚝함을 보완하는 완벽한 알바였다.

그는 많지도 않은 테이블 중 하나를 바라보다가 매번 다른 테이블에 앉아 책을 펼쳤다. 그가 앉고 나면 나 역시 할 일을 하기 시작했다.

작고 아늑한 공간에는 음악 소리와 내가 내는 주방의 소음과 가끔씩 지나가는 오토바이의 엔진 소리만 들렸다. 그 시간이, 말없이 고요한 그 공간의 투명함이 좋았다. 말이 없는데도 이야기들이 가득 차 있는 것 같았다.

어느 날이었다.

환기를 위해 잠시 열어 둔 문을 통해 들어온 벌 한 마리가 후텁

지근한 공기를 가르며 비행음을 내고 있었다.

사장님, 사장님은 뭘 좋아하세요?

6B 연필로 가게 안을 크로키 하던 내게 물었다.

뭘 좋아하냐니? 갑자기 우주 한가운데서 동탄을 찾아내라는 명령만큼이나 아득한 질문을 받아 들고는 쓰고 있던 안경을 벗었다.

너무 광범위한 질문이었죠. 먹는 것 중에요.

아~ 제가 먹는 거 너무 좋아하는데 고르기가.

호박잎 좋아하세요?

물론이죠. 호박잎 쪄서 쌈 싸 먹는 거 좋아합니다.

그럼 깻잎 쪄서 싸서 드시는 것도 좋아하세요?

깻잎을 찐다고요? 생 것을? 그렇게도 먹나 보죠? 어떤 느낌일까요?

제가 살던 곳에서는 깻잎을 쪄서 쌈으로 먹어요. 찌면 갈색이 돼요. 호박잎처럼 한 면은 까끌거리죠. 부드러운 쪽을 바깥쪽으로 해서 쌈을 싸서…. 다음에 기회가 되면 한 번 같이 드시죠.

좋죠. 꼭이요.

그 오후의 대화는 길에서 만난 초등학교 동창과 어색함을 무마하기 위해 던지는, 결코 지켜지지 않을 식사 약속처럼 공기 중에 흩날리며 마무리되었다.

그날은 해가 지고도 오랫동안 끈적했다.

며칠 뒤 그는 한 손에 큰 쇼핑백을 들고 나타났다.

평상시에 오는 시간보다 훨씬 이른 시간이었다.

의아해하며 웃고 있는 내게 큰 통을 하나 둘 꺼내놓았다.

자, 이건 호박잎이에요. 펼쳐진 쪽은 펼쳐서 찐 거고요. 돌돌
말려 있는 쪽은 데쳐서 물기를 쪽 짜 놓은 거예요. 그리고 이건
밥. 밥 위에 깨소금을 잔뜩 뿌렸어요. 그리고 이건 오징어 젓갈.
또 이건 김.

나는 열심히 꺼내놓으며 설명하고 있는 그를 물끄러미 바라
보고 있었다.

그는 듣는 사람이 음식이 아닌, 음식을 설명하고 있는 사람에
게 집중하고 있다는 것을 미처 알아채지 못한 채 열심히 호박잎
의 출처부터 거슬러 올라가 설명하고 있었다. 그의 시선은 줄곧
이 대화의 주인공인 호박잎에서 벗어날 줄 몰랐다.

잠시라도 뭔가 이상한 느낌을 읽어냈더라면 그는 같이 호박잎
을 바라보며 분석 중이라고 믿고 있던 내가 실은 호박잎에는 전
혀 관심을 주고 있지 않다는 것을 알아차렸겠지.

그 순간 한 번도 경험해보지 못한 느낌에 약간 현기증을 느끼
고 있었다.

무슨 인연으로 불과 몇 달 전만 해도 길에서 표정 없는 눈길로 스쳤을 사람과 사람이 이렇게 만나 상대방을 위해 뭔가를 준비하고 그 과정을 달뜬 목소리로 이야기를 나누고 있는 걸까.

'참 따뜻한 사람이구나. 그의 따뜻함을 내가 받아도 되는 걸까. 난 뭘로 갚아야 할까.'

그는 그대로,

나는 나대로.

호박잎을 두 장 깔고 깨소금이 뿌려진 밥을 반 숟갈, 쌈장을 얹고 네 귀퉁이를 잘 접은 후 입 안에 가득 넣고 씹었다.

그 순간, 까칠한 잎사귀 사이로 단 맛이 배어 나왔다.

36. 안개처럼 자욱하게

마치 무궁화 꽃이 피었습니다의 술래처럼 고개를 돌릴 때마다 알게 모르게 차오르는 안개같이 그가 언제 어떻게 가게에 본격적으로 들어섰는지는 그도 나도 기억하지 못했다.

꽤 여러 번 가게 앞에서 망설이고는 했다고 했다.

가게 앞에서 몇 번인가 들어갈까 말까 하던 발끝을 기억하고는 있지만 그 발이 그의 것인지는 확실하지 않았다.

아무튼 그와 나, 다른 사람들도 정확하게 기억하지 못하는 시간이 지나고 어느덧 그는 자연스럽게 아일랜드 식탁 맞은편에 앉아 일하고 있는 나를 바라보고 있었다.

낯설지만 낯설지 않은 이상한 느낌이다.

마치 오래전 경험했던 기분과 단 한 번도 경험해 보지 못한 기분.

데자뷔déjà vu와 자메뷔jamais vu의 간극.

그는 인상만큼 서글서글한 목소리 톤을 가지고 있었다.

목소리로 사람을 판단하는 습관이 있던 나는 일단 안심했다.

사람은 인상만큼이나 목소리로 자신을 드러낸다고 믿어왔다.

예쁘고 못생기고, 좋고 나쁘고의 문제가 아니었다.

시간이 지나고 세월이 쌓이면 한 사람의 모든 것이 바깥으로 드러나기 시작한다. 그렇게 믿는다. 그 믿음은 대개 정확했다.

섣부른 단정일 수도 있지만 첫 만남에서의 표정, 첫 대화에서의 목소리로 사람을 판단하는 습관이 있다. 단 한 번의 느낌은 대부분 맞아떨어졌다.

이 사람과 나는 잘 맞을까.

이 시간을 지속해도 괜찮을까.

그는 평균 이상의 인상과 목소리를 가지고 있었다.

그는 간간히 미소를 지으며 비 오는 날에 어울리는 목소리로 이야기를 이어갔다.

부엌에서 자질구레한 일들을 하면서 그가 하는 이야기의 반은 흘리고 놓치면서 듣고 있었다. 가게, 커피, 주인들…. 집중하지 않아도 귀에 와서 박히는 단어들을 무심코 듣다가 화들짝 놀랐지만 최대한 표정에 드러내지 않으려고 일부러 웃으면서 고개를 들고 말하고 있는 그의 눈을 쳐다보았다.

'아, 이 사람 평범한 손님은 아니구나.'

최대한 여유로운 척, 관심 없는 척 표정을 지으며 그의 말 한마디 한마디에 집중했다. 그는 마치 이 동네의 터주 같은 인물이었다. 태초로부터 그에게 이 동네의 내러티브가 있을지어다.

나 역시 이 동네의 시작과 함께 했지만 단 한 번도 드나들지 못했던 가게나 장소들이 파다했다. 그는 내가 알고 있는 혹은 모른 채 살아온 거의 모든 가게의 시작과 끝, 가게마다 숨겨진 이야기를 알고 있었다.

내 표정에서 강렬한 호기심을 읽어냈는지 이야기는 서서히 가려지고 불투명해지기는 했지만 사실 가게들이 가진 수많은 스토리보다 그 많은 스토리가 본인과의 크고 작은 인연과 이어져 있다는 사실이 더욱 놀랍고 흥미로웠다.

그는 내가 단지 다른 가게들에 얽힌 이야기들을 궁금해한다고 느꼈는지도 모른다.

타인의 삶에 대해서 별 관심이 없는 나는 그 이야기를 하고 있는 그 사람이 흥미로웠을 뿐이었다.

그 사람이 흥미로웠지만 나는 안으로 문을 닫아걸었다. 그의 가게 스토리 컬렉션에 하나의 아이템으로 자리하고 싶지 않았기 때문이다.

말수가 더욱 적어진 채 흥미만 보이는 나의 변화를 읽었는지

차를 다 마신 그는 주섬주섬 짐을 챙겼다. 흘낏 시간을 보니 두 시간 여가 지나 있었다.

적당했다. 그는 조용히 웃으며 걸어 나갔다.

그 이후로 그를 본 적이 없다.

가끔 비가 오는 날이면 이 동네의 심심했던 터주가 알게 모르게 스며드는 안개처럼 슬며시 가게에서 놀다 간 건 아닐까 상상하고는 한다.

37. 흥행가도를 달릴 뻔한

동탄이라는 동네는 참 재미있는 동네다.

지리적으로는 분당과 영통 아래, 오산의 위, 수원과 용인 옆에 자리하고 있다. 경부고속도로에 접해 있어서 지방으로 여행을 가거나 서울 한복판으로 가기에는 웬만한 서울 변두리보다 교통편과 도로 사정이 좋다.

지역적 상황에 별 의미를 부여하지 않는 사람들에게는 집값 저렴하고 교통 편리하고 쾌적한 환경으로 매력적인 도시인데 반해 서울에서 원치 않은 이유로 동탄까지 오게 된 사람들은 경기도, 특히 화성시라는 명칭에 열패감이 심했다.

그들의 다양한 이유에도 불구하고 생각의 교집합 속에는 자신의 동탄 이주를 실패라고 판단하거나 자존심의 마지노선이라고 생각한다는 점이었다.

더 이상은 내려갈 수 없는, 그렇다고 어디 가서 자랑할 만한 곳은 아닌 동네라고 생각했다.

동탄에는 도시 한가운데에 66층에 달하는 초고층 주상복합 건물이 네 동이 나 있다. 뭐 한강 이남 지역에서라면 오~ 하는 경제력의 사람들이 거주하는 곳이겠지만 동탄이라는 곳이 거기나 저기나 비슷비슷한 경제력을 가진 사람들이 사는 곳인지라 랜드 마크라는 이유로 더 호화찬란한 생활력을 가진 사람들이 사는 것이라고는 할 수 없다는 말이다. 도긴개긴, 오십보백보라고 할 수도 있겠지만 동탄 내 많은 주상복합의 펜트하우스에 사는 사람들이나 타운하우스 주민들은 좀 다를 수도 있겠다. 아님 말고.

아무튼 여기 그 주상복합의 한 동에 오 년 전 강남의 잘 나가는 동네에서 이사 온 주민이 있다. 그 주민은 동탄이 영 맘에 들지 않았다. 특히 경기도까지는 어찌어찌하겠는데 화성시라니. 화성이라는 이름이 주는 공포스러운 느낌. 벌레가 기어가는 듯한 찝찝함. 그게 제일 싫었다.(그 느낌을 안다면 당신은 내 또래가 분명하다. 그 사건을 안다는 의미니까) 게다가 동탄이라니. 이름이 맘에 들지 않았다. 통탄스러울 뿐이었다.

　그리하여 그 주민은 서울의 친구들을 만나더라도 사는 곳에 대한 대화는 최대한 자제했다. 지나가는 말이라도 그 단어들이 하나라도 들어가는 대화는 최대한 자제했다. 혹시 누구라도 물을라치면 지레 화부터 내고는 했다.

　더불어 백화점 쇼핑도 자제했다. 단골이던 각 매장에서 회원관리를 위해 자택 주소를 변경하거나 다시 기입해야 했을 때 볼펜을 쥐고 기입하는 공간 위를 볼펜 끝으로 빙빙 돌다가 내려놓는 상황이 자주 벌어졌다. 판매사원의 부드러운 재촉에도 결국 둥근 펜 끝은 매끈한 종이와 만나지 못했다.

　이름만 들어도 명품 매장이 떠오르는 동네에서 갑자기 우주 태양계의 일부인 데다 자칫 잘못 들으면 가슴을 치게 되는 동네의 이주민이 된 그 주민은 몸은 비록 이 곳에 있지만 영혼은 한강 바로 이남에 놔두는 유체이탈 현상에 시달리고 있었다.

　어찌어찌하여 영혼이 몸에서 떠나지 않은 특별한 어느 날.

　그 주민은 산책을 하다가 〈불란서 다방〉이라는 촌스러운 듯 아닌 듯, 경기도와 찰떡궁합인 듯 아닌 듯, 블랙코미디인 듯 또는 위트가 넘치는 듯 요상한 이름의 가게를 발견하게 되었다.

　거리 쪽에서 지나치는 행인을 가장하여 가면서 슬쩍, 오면서 슬쩍, 합쳐서 열 번이 넘게 들여다보았다.

대체 뭐하는 가게인지 알 수가 없는 기기묘묘한 분위기의 가게였다.

출입문 앞에서 뭐라 뭐라 잔뜩 써 재낀 칠판이 놓여 있었으나 쨍한 햇빛과 좋지 않은 시력으로 도무지 한 자도 읽어내질 못했다.

'대체 뭐라는 거야. 불친절한 가게로군.' 중얼거리며 가게 앞에 섰다.

'홍차, 티 클래스, 와인, 프랑스 가정식.'

와인에서 마음을 확 잡아 끌어당기는 불가항력적인 힘을 느낀 그 주민은 가게 안을 들여다보다 문득 손님을 봐도 별 반응이 없는 무덤덤한 주인과 눈을 마주쳤다.

그 주인이 스르르 몸을 일으켜 문 쪽을 향해 걸어왔다. 그 주민은 움찔하며 가던 길을 갈까 못 이기는 척 들어갈까 그 짧은 찰나에 망설였다.

들어오세요. 그 주민의 영혼은 강남이 아닌 동탄 불란서 다방 한가운데 의자에 벌써 앉아 있었다.

그 이후로 그 주민은 불란서 다방의 단골이라는 존재가 되었다.

비가 오면 오는 대로,

바람이 불면 부는 대로.

불란서 다방은 말이 다방이었지 홍차보다 와인이 더 많았고 손님 역시 모르긴 몰라도 와인을 더 찾는 것 같았다.

사람들은 홍차를 마시러 오는 척하면서 비가 오면 비가 와서, 바람이 불면 바람이 불어서, 날이 좋으면 너무 좋아서 와인을 마셨다.

그 가게의 주 종목이 무엇인지는 주인도 모르는 것 같았다.

홍차를 하다가 와인을 따르고 티 클래스를 열더니 플리마켓을 하고 프랑스 가정식 입네 하며 보도 못한 메뉴들을 내놓고는 따라 하기도 힘든 프랑스 말로 쏼라거렸다.

'알게 뭐람.' 그 말이 프랑스 말인지 혀만 굴려내는 이 세상에는 없는 말인지 주민 입장에서는 알 수 없었다. 그저 작은 신뢰만으로 견디는 수밖에.

아무튼 요식업계의 다이소 같은 불란서 다방을 자주 드나들다 보니 이런 특이하고도 요상한 매력의 가게가 한강 바로 이남에는 없다는 생각이 들었다. 여기 동탄에만 있는 가게. '흥, 너희는 이런 가게 없지?' 하는 생각이 들자 사는 곳에 대한 이야기를 취중의 실언으로도 해 본 적이 없는 주민은 이제야 모임 멤버를 한 명씩 초대해야겠다고 다짐했다. 물론 한꺼번에 초대할 수도 있지만 이 초대의 목적은 각개격파였다. 여러 명대 그 주민 하나는 불리했다. 일단 입이 너무 많았다.

'한 명씩이다. 반드시 한 명씩.'

계획과 날짜, 스케줄을 잡고 나서 불란서 다방 주인에게 말했다.

사장님, 늘 말하던 그 모임의 한 명씩 초대할 겁니다. 여기 경기도, (화성을 발음할까 하다가 말았다) 여기에도 프랑스 가정식을 하는 가게가 있다는 걸 보여줄 거예요. 사장님도 그 날은 특별히 신경써서 스타일도 하고 메뉴도 준비해줘요.

무슨 말씀이신지 알지만 특별한 준비 따위는 없습니다. 그냥 가는 거예요. 불란서 다방 날것 그대로.

장면은 명랑만화였지만 대화는 결연하고 진지하고 단호하게 이어졌다.

첫 번째 프로젝트, 그날 아침이 되었다.

접대가 특별하지 않을 거라며 담담하게 말했던 불란서 다방 사장은 주방 노동에 매우 부적합해 보이는 실크 블라우스와 스커트를 입고 나타났고 그 주민은 한껏 멋을 낸 채 햇빛도 잘 들지 않는 가게에 프랑스 남부 해변 니스에서나 어울릴 만한 챙 넓은 페도라를 쓰고 나타났다.

다행스럽게도 가게와 사장과 손님의 언밸런스한 분위기가 코미디로 흐르지 않은 것은 그동안 겉으로는 내색하지 않았지만 보이지 않게 스타일과 역할을 연구한 덕이었다. 각자의 역할에

너무나 몰입한 나머지 상대방과의 조화로움과 밸런스, 마리아
주에 대해서는 생각해 보지 못했던 것이 아쉽다면 아쉬운 부
분이었으나 기회는 더 있었으므로 보완해 나가면 될 일이었다.

사장과 주민은 서로의 스타일에 영혼 없는 칭찬을 한 마디씩
던지고는 약간은 초조한 상태로 첫 번째 카운터 파트너가 될 손
님을 기다렸다.

손님이 왔다.

사장은 오픈 이후로 아무도 들어보지 못한 말투로 인사를 하
며 자리로 안내했고 그 주민은 평상시 구사해 본 적이 없는 우아
한 톤으로 사장을 불렀다.

공손함과는 담을 쌓고 있던 사장은 품위 있게 부름에 응했다.

그 주민은 마치 여러 번 연습한 듯 메뉴를 불렀고 사장은 마
음 같아서는 여느 때처럼 그런 메뉴 없고요. 그냥 드리는 대로
드시면 됩니다. 하고 싶었으나 마치 다양한 메뉴가 있는 듯 프
랑스어로 혀를 최대한 굴리며 대답했다. 물론 그 메뉴 중 가능
한 메뉴는 두 가지뿐이었고 이미 오븐 안에서 다 익어가고 있
던 참이었다.

에디 히긴스가 나지막이 흘러나오는 가게 안의 가장 좋은 자
리인 우드 슬랩 테이블에서 그 주민과 손님은 조근조근 이야기
를 나누며 순서대로 나오는 요리를 받았다.

그 주민은 이 가게 단골이라면 모두가 이미 다 알고 있는 샐러드의 소스를 가리키며 이 가게의 비밀 레시피라고 말했고 손님은 예의상 놀라는 척을 했다. 덧붙여 주민은 따끈한 바게트를 가리키며 여기에서만 맛볼 수 있는 식감이라고 말하고 있었다. 메인 메뉴를 들고 간 사장은 그 분위기를 이어가기 위해 이 가격으로는 도저히 나올 수 없는 메뉴라고 진지하고 기품 있게 허풍을 떨었다.

사장은 할 일이 없는 데도 매우 바쁜 척 부엌에서 이리저리 부산하게 움직였다.

가게는 그 누가 와도 비밀 이야기를 할 수 없는 코딱지만 한 구조라 그들의 고상함을 가장한 숨죽인 대화는 당연히 사장 귀에 조사까지 선명하게 날아들었다. 하지만 사장은 소음의 진공 상태에 있듯 미스코리아 미소를 지으며 일에 몰두하는 척했다.

그들의 대화에는 사장의 이야기가 간간히 양념처럼 뿌려졌는데 당장 달려가 사실관계를 바로잡아주고 싶었으나 사장은 프로젝트의 성공을 위해 허벅지를 때리며 참아냈다.

지루한 시간이 흐르고 프랑스어로 느끼하게 설명한 홍차까지 마신 손님이 사장을 불렀다. 손님도 질세라 느끼한 한국어로 음식이 맛있었고 재료에 대한 칭찬과 서울 곳곳의 프랑스 가정식 집에 대한 평가를 늘어놓았다. 다 끝난 것이 아니었다. 아직 주민과 사장에게는 마지막 한 방이 남아 있었기에 사장은 상찬에는 관심도 없이 그 주민과 흘끔흘끔 시선을 교환했다.

그 주민이 눈으로 만족감을 표시했고 사장은 자신의 연기에 뿌듯해하며 마무리에 대한 기대감을 눈빛으로 쏘아 올렸다.

마지막 한 방, 손님은 계산서를 받아 들고는 오!! 한껏 감동한 표정으로 가게를 나섰다.

그 다음 날, 그 주민은 가게 앞을 잔걸음으로 뛰어 들어왔다.

너무너무너무를 스무 번쯤 반복한 후 후일담을 터뜨렸다.

사장은 미처 다 듣지 않아도 다 들은 것 마냥 낄낄 맞장구를 쳤다.

그 둘은 마치 대사에 성공한 오션스 일레븐의 멤버처럼 신나 보였다.

그 뒤로도 몇 번 더 연극무대는 펼쳐졌고 반복될수록 더 연기력이 좋아졌다고 한다. 이 참에 할리우드로 진출해볼까 하는 농담까지 주고받을 때쯤 그 주민과 사장뿐만 아니라 흥미롭게 참여했던 관객들마저 지루해하는 바람에 그 연극은 슬그머니 자취를 감췄다고 전해진다.

38. 아이스티와 시럽을 일대일

동탄의 주말은 서울 도심과는 달리 관광객은 물론 행인도 없다.

특히 춥거나 덥거나 비가 오거나 바람이 불거나 미세 먼지가 많거나 하는 날이면(거의 모든 날이라고 보면 되겠다) 가족들과 집 안에서 들어앉아 화목한 시간을 보내는 것이 동탄의 전통이다.라고 내 맘대로 써 보는 어느 오후.

그럼에도 불구하고 주말마다 가게를 열고 있는 이유는 단 하나. 놀기 위해서다.

물론 혹자는 '평일에도 혼자 놀고 있는 걸 봤는데 주말 역시 장사 안 된다는 사실을 꽤 그럴듯하게 표현하는구나' 하겠지만 할 수 없다. 사실은 사실이니까.

놀기에는 가게만 한 곳이 없었다. 왜 과거형인가 하면 그것도 반년을 넘기면서부터는 지긋지긋해져서 주말이면 다른 사람의 가게에 가서 책도 보고 글도 쓰는 외도를 시작했기 때문이다. 누가 주말이라도 가게에 놀러 오고 싶다고 할라치면 손사래를 치면서 '당신이 진정 내게 애정이 손톱만큼이라도 있다면 그렇게 말할 수는 없는 것이다. 지금 당장 멋진 곳에서 만나자고 약속을 하라'며 윽박질렀다.

내가 이상하게 느껴지겠지만 누구라도 그렇게 된다.

듣기 좋은 꽃노래도 한두 번이지, 처음이야 내 세상 같고 신기하고 행복해서 다른 곳을 갈 생각조차 못하겠지만 시간 좀 지나고 가게 안에서 계절도 날씨도 시간도 동떨어진 채 살다 보면 가끔씩 창살만 없지, 감옥에 들어가는 기분이 들 때가 많았다.

아무튼 때는 바야흐로 가게 문을 연 지 얼마 되지 않아서 그저 아무 생각 없이 즐겁기만 한 때였다. 그 토요일 아침은 날도 좋고 바람도 좋아서 자전거를 타고 출근하는 길이 더할 나위 없이 행복했다.

멋진 자전거를 타고 멋지게 차려입은 멋진 가게 주인이 멋지게 운전하며 멋진 가게로 가는군. 콧노래를 부르며 바퀴를 힘차게 굴렸다.

손님은 당연히 없을 예정이었으므로 부엌일에는 전혀 어울리지 않을 치렁치렁한 실크 원피스를 입고 가게 문을 열었다.

토요일 아침을 여유 있게 보내기 위해 전 날 밤에 이미 청소며 정리를 다 해놓았기에 여유롭게 음악을 선곡해서 틀어 놓고 나를 위한 차를 만들었다.

찻잔을 들고 소파에 앉아 책도 보고 맨발을 위자 위에 올려놓고는 소파 등받이에 깊숙이 기대어 매우 방만한 자세로 시간을 보내고 있었다. 오후로 넘어가면서는 와인도 한 잔 따라놓고 왔다 갔다 하며 홀짝거리며 평상시에는 가게 이미지 때문에 틀지 못했던 오아시스oasis와 악틱몽키스arctic monkeys, 벨벳언더그라운드 velvet underground를 듣고 있었다.

스탠바이미stand by me가 가게 안을 울리기 시작하자 좀 더 과감하게 맨 발가락을 허공에 올리고는 음악에 맞춰 까닥거리고 있었다.

그때, 갑자기 문이 벌컥 열리며 성장을 한 젊은 여자가 들어 왔다.

맨 발을 올리고 등은 소파에 박혀 있어서 누가 본다면 요가의 새로운 자세인가 싶은 자세를 연출하고 있던 나는 어찌나 놀랐는지 그만 엉덩이가 가게 바닥으로 떨어지며 나뒹굴고 말았다.

그런 상황이 웃길 법도 한데 손님은 표정의 변화도 없이 허둥지둥 일어나며 인사하는 나와 살짝 눈맞춤을 했을 뿐이었다. 그의 눈빛은 마치 다른 사람의 흔적을 찾는 듯 이리저리 흔들리며 불안해 보였다.

그는 큰 테이블 위에 가방을 올려놓고는 계산대 옆으로 와 메뉴판을 들여다보았다.

심상치 않은 느낌이었다. 차를 마시기 위해 찾아온 손님은 분명 아니었다. 느낌이 그랬다.

그에게서 대상을 짐작할 수 없는 껄끄러움과 분노가 느껴졌다. 상대가 내가 아니라는 사실이 다행이라면 다행이었다. 뜨겁고 복잡한 속을 가라앉히려면 차갑고 달콤한 무언가가 필요했다. 진하게 우려낸 아이스티를 권했다. 아이스 티 중에서도 여러 종류가 있어 선택을 위해 몇 가지 제안했지만 메뉴에 대해 나와 만담을 나누기에는 많이 지쳐 보였던 그녀는 선택권을 내게 넘겼다.

믈레즈나mlesna의 아이스와인icewine이 담긴 밀폐용기를 꺼내어 한 스푼을 넣고 뚜껑을 덮다가 말고 다시 열어 한 스푼을 더했다. 아이스 와인은 진해져도 많이 떫어지거나 씁쓸해지지 않는 안정적인 맛이라 진하게 우려내도 맛에 대한 걱정이 없었다.

얼음이 가득 담긴 유리 카라프carafe에 많은 양의 찻잎을 적은 양의 물로 길게 우려낸 진한 홍차를 살살 부었다. 쿨링다운cooling down 현상이 보였다. 카라프에 뜨거운 물을 살짝 부었다. 다시 맑고 진한 수색이 되었다. 아이스티를 좀 더 차갑게 서빙하기 위해 금속 얼음을 세 조각이나 잔에 넣었고, 대리석으로 만든 티코스 터는 두 개나 깔고 난 후에야 준비가 끝났다. 그리고 특별히 시 럽(유기농 원당을 조려 만든)을 넉넉히 담아 함께 내었다. 부디 원인 모를 화가 사그라들기를 바라면서.

아이스티를 받은 그는 허겁지겁 티를 따르고 시럽을 넣어 저 은 후, 한 잔을 들이켜고 나자 작은 숨을 몰아쉬며 등을 기대어 앉았다.

부엌에서 잔일을 하며 곁눈질로 그녀의 상태를 살펴보다가 그 의 뻣뻣하게 솟았던 어깨가 둥글게 내려앉은 것을 알아채고는 조심스럽게 물었다.

맛은 어떠세요.

맛있어요.

고개를 돌리지도 않고 단답을 한 것이 마음에 걸렸는지 이내 고개를 돌리고 가게를 들어온 후 처음으로 내 눈을 들여다보며 웃었다.

달콤하고 시원하고 향긋해요.

다행이네요.

그는 들어온 순간부터 누군가와 계속 문자를 주고받고 있었다. 전화벨이 울리자 바깥으로 나가서 한참을 이야기했다.

유리 너머로 그는 전화기를 붙잡고 가만히 서서 듣다가 벽 쪽을 향해 손가락을 뻗어 가리키다가 다시 발로 벽과 바닥 사이의 귀퉁이를 툭툭 차면서 통화를 했다.

성장을 한 오늘의 분위기와는 다른 행동들이 무심코 나오는 것을 보니 오늘의 스타일이 일상적인 복장이 아니라는 느낌이 들었다.

누군가와의 소중한 만남이 약속된 사람. 하지만 무슨 연유인지 불발된 사람. 그 안타까움이 보였다. 약속된 공간과 지금 전화를 하고 있는 이 낯선 공간의 괴리는 오후의 끈적거리는 공기처럼 그를 불쾌하게 만들고 있는 것 같았다.

그는 오랜 통화를 끝내고 가게 안으로 들어왔다.

그의 그림자가 문을 들어서지 못하고 길게 늘어졌다.

자리에 앉자마자 잔 가득히 아이스티와 시럽을 따른 뒤 휘휘 저어 단숨에 벌컥 들이켰다.

한 몇십 초가 지났을까.

그는 내 쪽을 바라보며 입술을 일자로 만들었다. 웃음도 울음도 아닌 묘한 표정이었지만 그 입술 끝에서 나올까 말까 달랑거리며 매달려 있는 말의 의미를 알 것도 같았다.

그러더니 아예 시럽이 담겨 있는 밀크 저그에 남은 아이스티를 부어 티스푼으로 달가닥 달가닥 소리를 내며 저었다. 그리고는 밀크 저그의 뾰족한 부분을 입에 대고 원 샷.

여느 때 같았다면 그런 행동에 불쾌감을 느꼈겠지만 그 감정의 소용돌이를 잠재우고 평온을 찾는 데 도움이 된다면 그가 밀크 저그를 씹어 먹는다 해도 놔뒀을 것이다.

그렇게 아이스티를 다 마신 그녀는 주섬주섬 가방을 정리하고 지갑을 찾아 카드를 꺼냈다.

'가려는구나.' 계산대로 가서 기다렸다. 카드를 내밀며 내게 처음으로 문장을 말했다.

아이스티가 너무 달콤하고 맛있었어요.

'당연히 달콤하겠지요. 아이스 티만큼 딱 그만큼의 시럽. 일 대 일이었는데요.'

저, 여기서 인천공항 가는 리무진 버스는 어디서 탈 수 있을까요?

저희 가게 뒤편에 신라스테이와 라마다 호텔. 두 곳 다 앞에서 타실 수 있어요. 날이 더우니 시간표 보시고 그 건물 1층에 있는 커피빈이나 롤링핀에 앉아 계시다가 도착하면 타시는 게 좋겠네요.

감사합니다.

그는 여태 문 안으로 들어오지 못하고 있던 자신의 그림자를 데리고 문 밖에 세워둔 여행용 트렁크를 챙겨 들어올 때보다 훨씬 가벼운 구두 소리로 걸어 나갔다.

39. 갱년기 회복 프로젝트

1.

때는 바야흐로 가을.

가을 옷을 꺼내기도 전에 패딩 조끼부터 입어야 하는 날씨였다. 친한 친구에게 뒤통수를 맞은 듯, 믿었던 방망이에 발등을 찍힌 듯, 맛있다고 산 과일이 잔뜩 시어터진 걸 확인하듯 참담한 배신감을 느꼈지만 내가 어찌해볼 수 없는 거대한 힘의 월권이라 감히 찍소리도 못 한 채 주는 대로 받아야 했다. 가을을.

시대는 바야흐로 지금.

능력은 넘쳤고 넘쳐왔고 넘칠 예정인 다수의 여자들이 있다. 결혼과 함께 사회생활에 쉼표를 찍고 육아와 가사노동에 일단!

전념하다 시간이 지나고 아이들이 더 이상 보호자의 관심과 손
길로부터 멀어지고 단출해진 가족 구성원으로 인해 가사노동
마저 느슨해지는 시기, 인생 전반기에 찍었던 쉼표가 진짜 쉼
표인 줄 알았지만 알고 보니 마침표였다는 사실을 느낀 사람
의 배신감은 가을인 척 다가온 초겨울의 그것과는 비교조차 할
수 없었다.

장소는 바야흐로 불란서 다방.

동탄은 지리적으로 해석되기보다는 인류문화사적으로 해석될
여지가 많은 동네다. 경제적으로 안정적이고 심리적으로 복잡
한 동네. 그 복잡다단한 곳에 좀 이상한 가게가 생겼다. 컨셉은
친구네 집 거실, 모토는 웃기는 가게, 추구하는 스타일은 다이
소, 한마디로 정의하면 놀이터. 다방의 주인은 긍정적으로는 남
다르고 부정적으로는 서브, 언더, 인디, 사이드, 마이너를 표방
하는 스타일이라 가게랍시고 열어놓고는 끊임없이 재미만을
는 유머 하이에나 같은 모습을 보여주고 있었다.

인물은 바야흐로 두 사람.

티 클래스를 오 년 간격으로 들은 바 있지만 단 한 번도 마주
친 적이 없는 두 사람. 두 사람은 첫 대면에 운명적인 느낌을 받
았다. 왠지 잘 통할 것 같았다. 실제로 몇 번의 만남을 통해 둘은
아! 하면 어! 하면서 잘 맞았다. 성격은 일단 서로 합격. 패션 스

타일도 두 사람 모두 남달랐다. 두 사람 모두 굉장히 옷을 잘 입었는데 두 사람의 스타일은 서로 양 극단에 있었다. 그런데 어울렸다. 두 사람이 만나는 시간이면 불란서 다방은 과도한 웃음으로 인한 눈물로 초토화되었다. 유머는 두 사람이 가진 가장 멋진 장점이었다. 두 사람은 쉼표의 뒤통수를 맞기 전 누구나 부러워하는 직업의 소유자였다. 뒤통수를 맞은 데다 갱년기 증세, 계절의 배신이 복합적으로 작용하면서 우울과 고민, 번뇌가 일상을 차지하기 시작했다.

사건은 바야흐로 갱년기 회복 프로젝트.

혈관을 타고 피보다 유머가 흐르는 두 사람의 자신감 회복을 위한 프로젝트가 기획되었다. 일명 갱년기 회복 프로젝트. 두 사람이 비록 쉼표 대신 마침표로 통보를 받았으나 아직 죽지 않았다는 사실을 이 작은 가게에서라도 외칠 수 있는 기회를 만들기로 했다. 누가. 불란서 사장이. 앞서 말한 바와 같이 특이하고 재미있다면 뭐라도 할 기세인 사장의 속마음은 두 사람의 유머 세례를 다시금 받고 싶은 욕망과 나아가서는 두 사람의 쉼표를 말줄임표로라도 바꿔 보고 싶은 마음이 원대한 목표라면 목표였다. 또 누가 아나. 그 프로젝트를 통해 두 사람의 패션 브랜드라도 탄생하게 될지. 생각만 해도 입가에 미소가 허허실실 흘러나왔다. 그리하여 두 사람은 각자의 스타일에 맞는 옷을 각각의 매

장에서 각각 열 벌을 가져다가 불란서 다방에서 팔아보기로 했
다. 먼저 판매 완료한 사람에게는 부상으로 불란서 다방의 하우
스 와인 한 병이 수여되는 게임이었다. 두구두구. 불란서 다방
사장은 팝콘이나 씹으며 구경이나 하면 되는 입장이라 더할 나
위 없이 신이 나 있었다.

2.

  복장부터 불량이었다. 그 두 사람이 시장으로 떠나기에 앞서
가게를 들렀다. 문을 열고 들어오는 그 두 사람의 모습을 보며
웃음을 참을 수 없었는데 그 이유는 해도 해도 너무했다. 도매
시장에 대해 몰라도 저렇게 모를 수 있을까. 가게를 들어서는 그
두 사람은 자신의 패션 감각을 뽐내듯 한껏 멋을 낸 상태였다.
해외 브랜드의 가죽 백과 디자이너 브랜드의 코트, 부츠와 실크
스카프. 도매시장을 가기에는 지나친 패션이었다. 그 차림 그대
로 호텔 디너를 하러 가야 할 판이었다. 웃음기 가득한 목소리로
그게 대체 무슨 짓이냐고 하자 그 두 사람은 단호하게 말했다.
거기는 다들 패션에 한가락하는 사람들일 텐데 무시당할 순 없
어요. 괜히 기죽는단 말이에요. 하도 진지하게 대꾸하는 바람에
더 이상 웃는 건 무례해질 공산이 컸다. 걱정스러운 마음에 그렇
게 입고 가면 새벽에 엄청 춥고 몸이 불편할 텐데 하자 씩 웃으

며 버스 정류장을 향해 걸어가는 그 두 사람의 뒤에 대고 할 수 있는 거라고는 이 말 한마디뿐이었다. 파이팅!

3.

사장은 새벽시장으로 떠난 그들 생각 때문에 잠자리가 뒤숭숭했다. 자다 깨다를 반복하다 아예 새벽 세 시쯤 자리에서 일어나 차를 마셨다. 그들은 돌아왔을까. 괜한 일을 벌인 것은 아닐까. 별일은 없어야 할 텐데. 이런저런 걱정과 생각 때문에 깨어있어도 편하지가 않았다. 해가 밝아오자 충분히 기다렸다는 듯 그들과 함께 있는 대화방에 글을 남겼다. 돌아왔나요. 힘들지는 않았나요. 원하는 물건은 샀나요. 평상시와는 달리 둘 중 그 누구도 보지 않았다. 숫자는 시간이 지나도 여전히 2를 유지했다. 아마도 자고 있겠지. 하며 정오를 넘겼다. 불현듯 걱정이 다시 시작되었다. 두 번째 글을 남겼다. 혹시 무슨 일이 있는 것은 아니죠. 걱정이 되는군요. 수면 중이기를 바랍니다. 숫자가 바뀌지 않은 채 하루가 가고 있었다.

4.

기세 등등하게 떠났던 어제의 장수들이 오늘은 패잔병이 되어 지금 가게 소파에 널브러져 있다. 얼굴은 하루 사이에 십 년

은 늙은 듯 진한 피로감을 뿜어내고 있었고 심지어 입술까지 부
르터져 있었다. 밤새 유명 밴드의 콘서트에서 떼창이라도 하고
온 사람처럼 푹 잠기고 쉬어버린 목소리로 아라비안 나이트 같
은 네버엔딩 동대문 여행기의 첫 포문을 열었다. 두 사람의 증
언을 들어보자.

우리는 도착하자마자 파이팅을 외치며 서로의 기운을 북돋워
주기 위해 일단 거리의 포장마차에서 제일 비싼 어묵꼬치를 사
먹었어요. 고래사 어묵이나 삼진 어묵만 못했지만 서울, 그것도
패션 전문가들이 모이는 동대문의 야시장이니 맛은 뭐, 기분은
좋더라고요. 그때가 좋았지. 하하. 먼저 사람들이 많이 들어가는
시장으로 갔죠. 들어가자마자 우리가 얼마나 황당했는지… 우
리 서로 모른 척하자고 했다니까요. 글쎄 우리처럼 입고 온 사람
이 단 한 명도 없더라고요. 하하하하. (이 시점에서 거봐!그럴 줄 알
았다니까!라고 외치고 싶었지만 그들의 분노의 화살을 정통으로 맞을 것만
같아 몸을 사리며 작게 중얼거렸다) 거기 드레스코드가 있나 봐요. 어
떻게 그럴 수가 있지?서로 약속이나 한 듯 거기에 있는 모든 사
람들이 죄다 청바지, 후드티, 패딩 조끼와 크로스 백이더라고요.
하지만 갈아입을 수도 없고 새로 사 입을 수도 없으니 그냥 다녀
야죠. 뭐. 그런 차림을 한 우리는 본 가게 주인들이 아주 의심스
러운 눈으로 아래 위로 훑더라고요. 뭐 한눈에 알아봤겠죠. 얘네

는 소매구나. (당연한 거 아닌가. 깐족거리고 싶었으나 그들이 다시는 가게를 찾지 않을 거라는 불안감에 허벅지를 꼬집으며 참아냈다) 그런데 뭐 또 어쩌겠어요. 그냥 쭉 가게 주인 행세를 하기로 했어요. 첫 번째 가게를 가니 예상한 대로 주인이 우리를 한번 쭉 훑어보더니 관심도 없는 거예요. 좀 부아가 나긴 했지만 꾹 참고 가격을 물었죠. 그랬더니 대뜸 어디서 왔냐고 묻는 거라.

아, 그 얘기는 내가 해야겠다. 너무 웃기는 얘기라⋯ 글쎄 이 언니가 동탄의 불란서 다방이요. 하는 거예요. 글쎄. 다방이라니. 다방. 그 순간 그 주인이 다? 방? 그러면서 머리를 갸우뚱거리는 거예요. 다방에서 옷을? 우리 둘 다 웃음을 참지 못하고 그 가게를 빠져나왔어요. 골목 끝에서 다시 작전을 짰죠. 우리는 가게 주인으로 보여야 한다. 그래야 도매가로 물건을 살 수 있다. 그러려면 우리도 가게 이름이 있어야 한다. 그러면 불란서 다방은 말도 안 된다. 다방이라니. 바보가 아닌 이상 다방에서 물건 떼러 왔다고 하면 미친 거지. 옷 가게 이름이 다방일 리가 없잖나. 그래서 우리는 동탄의 콤마라는 유령 가게를 만들어냈죠. 앞으로 어디서 왔냐고 물으면 동탄의 콤마라고 하기로 했어요. 그리고 다음 가게로 갔어요. 옷이 특이하고 예쁘더라고요. 가격대도 좀 세고. 아니나 다를까 주인이 묻더라고요. 어디서 왔어요. 우리는 동시에 외쳤죠. 동탄까지는 같았는데⋯ 나는 콤마, 언니는 다시 불란서 다방을 외친 거예요. 미쳐. 정말. 그 가게 주인이 우리를 바라보는 눈빛이…

아. 못 봤으면 말을 말아요. 아무튼 그 가게도 도망치듯 나왔어요. 다시 골목 끝으로 가서 콤마를 열 번도 넘게 반복했나 봐요. 내가 언니한테 불란서 다방은 꺼내지도 말라고 타박을 좀 했죠. 그 타박이 먹혔나. 그다음부터는 콤마라고 제대로 했어요. 그다음 가게는…

거기는 내가 할게. 그다음 가게는 옷이 너무 이쁜 거예요. 그래서 주인에게 저 원피스는 꾸미로만 파나요. 물었죠. 꾸미가 뭐냐고요. 잘은 모르는데 묶어서 파는 걸 꾸미라고 하나 봐요. 거기서 배웠는데 그 정도는 써줘야 도매상인 것 같죠. 아무튼 그 주인이 당신의 가게에 70% 정도를 세팅한다는 조건으로만 판다는 거예요. 그게 말이 되나. 가게 전체에 들여놓으라는 건데. 참. 당연히 나왔지만 옷은 참 괜찮더라. 그렇지. 또 한 군데는 아예 만지지도 못하게 하더라고요. 천을 만지지도 않고 어떻게 사. 자기네는 믿고 사는 거라나. 아무튼 만지지 말라니까 더 만지고 싶더라고요. 주인이 하도 도끼눈으로 지켜보고 있길래 슬쩍 만질까도 하다가 그냥 돌아 나왔지만 아쉬워.

아니, 왜 거기는 그렇게 은어가 많아. 명함을 달라니까 장끼를 넣었대. 무슨 장끼. 수꿩이야 뭐야. 그래서 다시 명함 좀…. 했더니 또 의심의 눈초리. 장끼를 넣었다는 거야. 알고 보니 장끼가 그 가게 이름이 있는 주문서 같은 거더라고요. 아휴, 한국말인데 통역이 필요해. 그렇게 다니다가 너무 지친 거라. 휴게실이고 카페고 식당이고 자리가 없더라고요. 찜질방이요? 없던데요? 호텔은 무슨, 택시도 못 타겠더라고요. 그 돈 벌 생각하면 자신이 없어서 그냥 첫 차 타자고 했죠. 무슨 이상한 카페 같은데 간신히 비집고 앉은자리에서 다리가 하도 아파서 벽에 기대어 감자칩 한 봉지를 뜯어먹는데 세상 서글프더라고요. 진짜 장사하는 사람들, 존경스럽더라고요. 비싸게 받을 만하다 싶던데요. 이렇게 고생하면서 돈 버는구나. 세상 쉬운 게 없구나.

　나도 그랬어요. 그냥 옷가게나 해볼까 했을 때는 근사하게 차려놓고 우아하게 손님이나 받는 모습만 상상했지. 이런 새벽에 이런 고생을 할 거라고는 생각도 못해 봤지. 그러게 쉬운 일이 없어. 거기 가서 보니까 남편이 새삼 고맙더라. 치열하게 사는구나 싶더라고. 아무튼 좋은 경험이었어요. 아마 사는 동안 새록새록 떠오르는 기억이 될 거 같아. 너무 웃기고 힘든 경험이었어요. 그러나 저러나 저 옷들이 완판이 되어야 할 텐데. 뭐, 안 팔리면 내가 입을 거야. 그래서 내 취향대로 사 왔지. 언니, 저 옷은 나 죽어도 못 입어요. 내 스타일이 아니야. 그래, 내가 다 입을게. 걱정 마.

두 사람은 다크서클이 턱까지 내려앉은 채 쉰 목소리로 지난밤에 있었던 일들을 시간만 허락한다면 밤새도록 떠들 분위기였다. 나는 그들의 이야기를 들으며 웃다 지쳐 기운이 없었다. 그들의 폭주하는 이야기를 일단은 커트. 다음 기회로 넘기자며 회유를 했다. 두고두고 우려낼 곰탕 같은 이야기라 한 번에 끝내는 것은 예의가 아니라며 다음 날 마수걸이에 대한 준비를 위해 각자의 집으로 해산을 제안했다. 자, 마수걸이. 그다음 목표였다.

5.

첫 마수걸이. 두 사람이 밤새 우여곡절 끝에 사 모은 스무 벌의 첫 구매자는 그 둘의 인간관계 교집합에 속한 한 사람이었다. 사실 우리 가게의 단골이라면 그 둘 뿐만 아니라 거의 대부분의 단골들과 나의 인간관계의 교집합에 서로가 포함되었다. 다시 말해서 그 사람이 그 사람이었고 새로울 것이 없는 인간관계라는 뜻이었다. 아무튼 두 사람도 알고 나 역시 너무나 잘 아는 우리의 공통분모(그렇게 부르기로 하자)가 아침 일찍 두 종류의 꽃다발을 안고 들어왔다. 그 꽃다발의 의미를 잘 아는 터라 기특하기도 하고 사랑스럽기도 한 공통분모의 얼굴을 바라보며 미소로 화답했다. 꽃다발은 두 사람의 전혀 다른 개성을 각각 상징하고 있었다. 하나는 우아하고 따뜻한 색감의 꽃다발이었고 또 하나는 통통 튀는 매력의 아기자기한 꽃다발이었다. 누구에게 전해야 하는 선물인지 굳이 듣지 않아도 전달에 문제가 없을 것만 같았다.

꽃다발의 주인공 둘은 누적된 피로를 이기지 못하고 자리보전을 하고 있었다. 그들에게 꽃다발의 존재를 알렸음에도 자리를 박차고 일어나지 못했다. 꽃다발은 그들의 행거 앞에 보기 좋게 전시되었다. 마치 갤러리의 작품 앞에 있는 축하화환처럼.

공통분모는 첫 마수걸이의 주인공답게 흥미로운 표정으로 옷을 하나하나 들여다보았다. 행거에서 꺼내어 몸에 대어 보기도 하고 거울에 비춰 보기도 했다. 꽤 오랜 시간 연구자의 자세로 고민을 하던 공통분모는 마침내 하나를 골라냈다. 일면식이 없는 사람조차도 당신을 처음 보지만 당신의 스타일에 딱 맞는 블라우스군요. 할 만한 옷이었다. 공통분모는 마치 자신을 위해 특별히 주문한 것 같은 블라우스를 입고 가게를 나섰다.

6.

카메라를 고정해놓고 긴 시간 롱테이크 기법으로 그들의 행거를 찍었다면 한 편의 극사실주의 영화가 만들어졌을 것이다. 사람들은 옷을 꺼내어 입어보고 제자리에 놓는다. 상황은 끝나지 않을 것처럼 반복되지만 매번 다른 행동, 표정으로 지루하지 않은 화면이 될 것이다. 시간이 지나면서 행거에는 하나 둘 빈틈이 만들어진다. 여전히 행거는 사람들의 관심의 대상이 된다. 사람들은 오고 가고 들고나고 행거는 점점 빈약한 몸을 드러낸다. 시간은 흐른다. 어느 즈음부터 사람들은 행거에 눈길조차 주지 않은 채 자신의 이야기를 나눈다. 그리고 화면은 페이드아웃.

열아홉 벌의 옷은 각자 자신에게 어울리는 사람의 손에 이끌려 가게를 벗어났다. 누가 봐도 잘 어울리는 사람도 있었고 새로운 도전도 나쁘지는 않겠다 싶은 사람도 있었다. 다만 어떤 의미도 부여하기 어려운 선택에는 과감히 만류했다.

한 달이 지났다. 단 한 벌의 옷이 행거에 남아 있었다. 많은 옷들이 걸려 있었다고는 생각도 할 수 없을 만큼 비어있는 행거는 자연스러웠다.

약속대로 파티를 열기로 했다.

7.

비록 남아있는 한 벌이 완판이라는 목표에 오점을 남기기는 했으나 한 벌이라서, 한 벌뿐인데. 자축하며 다들 잔을 들었다. 그리고 행거의 단 하나의 숫자로 남은 그 옷을 바라봤다.

꽃다발을 들고 와 첫 마수걸이로 블라우스를 골라 설레는 표정으로 계산을 했던 공통분모는 마지막 한 벌이 걸려 있는 행거를 바라보며 착잡해지는 마음을 참을 수가 없었다. 완판 파티라고 모인 사람들이 자신의 마음이 어떨지 짐작조차도 못할 거라는 생각에 외로웠다. 그들의 즐거움에 식초나 찬물이 될 수는 없기에 잔을 들어 그들을 향해 웃어 보였지만 입 꼬리가 자꾸 처지는 건 어쩔 수가 없었다. 잔을 들어 보글보글 탄산이 오르는 호박색의 액체 너머로 행거를 바라보았다. 거기에는 자신이 처음, 그 누구보다도 먼저 구입한, 누가 살까 봐 부랴부랴 골라낸 블라우스가 포장비닐마저 벗겨진 채 걸려 있었다.

두 벌의 블라우스가 재미 삼아 시작한 프로젝트의 시작과 마지막을 장식하고 있었다. 소설의 수미상관처럼.

8.

프로젝트는 끝이 났다. 언제 그런 사건이 있었던가 할 정도로 사람들의 기억은 빠르게 희미해져 갔다. 하지만 그 프로젝트를 기억하고 있는 행거에는 마지막 유물처럼 블라우스가 걸려 있었다. 가끔 그때를 기억하지 못하는 손님이 물었다.

하나 있는 이 옷은 대체 뭐예요.

40. 레드벨벳 케이크

잠이 오지 않는 새벽입니다.

초저녁 잠이 많아 해가 지기 시작하면

안절부절못하는 제게 좀처럼 일어나지 않는 일이지요.

눈을 뜨면 눈에 익은 공간의 선이 이내 선명하게 들어올까 봐

의식이 또렷해질까 봐

잠이 더 멀리 도망가 버릴까 봐

눈을 감고 있습니다.

그러자 시각을 제외한 감각들이 살며시 고개를 들기 시작하더니

가느다란 촉수들을 뻗어냅니다.

수도관을 지나가는 물소리, 지나가는 자동차의 배기음, 코 고

는 소리, 냉장고의 진동, 계단을 밟는 소리.

소리들에 집착하다 보니 공기의 흐름까지 느껴집니다.

더 이상 눈을 감고 있는 건 자신에게 하는 거짓말.

일어나 얇은 카디건을 걸치고 부엌으로 갑니다.

사실은 레드벨벳 케이크를 구워야겠다고 어제 아침부터 생각
했었다는 걸 고백해야겠군요.

계란을 깹니다.

레시피에 쓰여 있는 4개는

내가 흘렸던 네 번의 눈물을 환기시킵니다.

눈물의 기억을 성긴 거품기로 적당히 섞습니다.

너무 강한 힘으로 휘저으면 거품이 생기고, 그 거품은

케이크의 구석구석을 기포로 채워 지나치게 알량한 기억을 만
듭니다.

노른자가 제법 단단하게 저항하는 걸 보니

황금빛 기억이 아직은 싱싱한가 보군요.

설탕은 얼마나 넣을까요?

달콤함은 잠시 한숨을 쉬게 하는 힘이 있어요.

지쳐서 입은 쓴데도 단내가 날 때 설탕 한 조각은 착각의 여행
을 하게 해 주죠.

나 같은 사람에게는 마리화나 같은 힘이 있어요.

하지만 이 케이크에는 설탕을 절반만 넣을 생각입니다.

달콤하게 기억을 완성하고 싶지 않아요.

구워지면서 가득 채울 달콤한 향기가 미리 두렵습니다.

붉은색을 내기 위해 검은 카카오에 시큼한 산을 몇 방울 섞습니다.

화려하기만 한 지금이 사실은 시금털털한 어두운 기억을 통해 태어나는 것이라니.

그런 역설이 또 있을까요.

예상할 수 없는 원인과 결과라니.

상상할 수 없는 시작과 끝이라니.

180도에서 40분을 구워야 해요.

반죽을 넣기 전에 200도 정도로 뜨겁게 달궈났다가 제 온도를 맞춰야 해요. 오븐 온도를 미리 뜨겁게 하지 않으면 반죽이 부풀기도 전에 가라앉아버리죠.

기껏 체에 치고 섞고 했던 시간들이 어디론가 빨려 들어가 차라리 처음부터 없었던 것이 나았기를 기도하게 만들어요.

40분은 35분이 될 수도 있고

한 시간이 되기도 합니다.

오븐을 달구는 힘이 가스인지 전기인지 달라지죠.

마음이 급하다고 250도로 20분을 구울 수는 없어요.

미리 달궈놓지 않은 오븐처럼 시도하지 않은 것이 오히려 좋을 거예요.

저는 180도에 35분으로 붉은 기억을 구워낼 거예요.

제 오븐의 적정온도입니다.

가장 맛있게 구워내는.

알람이 울리네요.

유리로 내부가 훤히 보이는 오븐 안을 들여다봐요.

눈가가 뜨거워집니다.

1.5배 정도 부푼 빨간 형태는 설탕을 적게 넣었는데도 버터와 우유, 생크림, 코코아와 식초 몇 방울에 달큼한 냄새를 가득 채웁니다.

잘 드는 가는 칼을 들고 케이크의 가운데를 찌릅니다.

깊게 찔렀다가 돌아 나온 칼날에는 촉촉한 기운만 남아 있어요.

완벽합니다.

양 손에 실리콘 장갑을 낍니다.

아시겠지만 성질 급한 저는 배부른 아기 배처럼 포근하게 올

라온 케이크의 모습을 오븐 유리창으로 확인할 때면 이성을 잃
고는 합니다.

뜨거워진 기억을 맨 손으로 집다가 데인 적이 한 두 번이 아
닙니다.

오븐 문을 열기 전, 되뇝니다.

저 뜨거운 것에 손을 갖다 대지 마시오.

적당히 식힌 케이크를 한 조각 잘라

웨지우드의 푸른색과 골드로 장식되어 있는 케이크 접시 한가
운데에 놓습니다.

그 옆에는 온갖 빨간 과일들로 만든 레드 콩포트compote를 더
합니다.

다른 농담의 붉은색이 한 공간에 있으니 서로 더욱 강렬해지
는군요.

마치 우리가 그러했듯.

손대기 싫군요.

완벽하거든요.

그때 기억이 그러했듯.

자, 설거지나 해야겠네요.